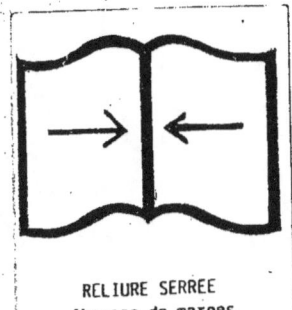

RELIURE SERREE
Absence de marges
intérieures

Couverture inférieure manquante

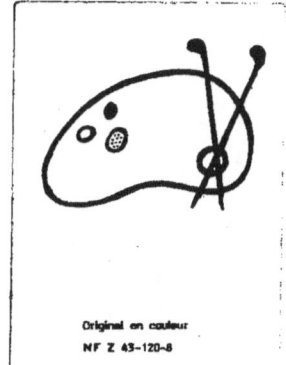

Original en couleur
NF Z 43-120-8

VALABLE POUR TOUT OU PARTIE
DU DOCUMENT REPRODUIT

ANDRÉ THEURIET

Deux Sœurs

PARIS

ALPHONSE LEMERRE, ÉDITEUR

23-31, PASSAGE CHOISEUL, 23-31

M DCCC LXXXIX

DEUX SOEURS

DU MÊME AUTEUR:

POÉSIE

ÉDITION ELZÉVIRIENNE

THÉATRE

ROMAN

ANDRÉ THEURIET

DEUX SŒURS

FAC ET SPERA

PARIS

ALPHONSE LEMERRE, EDITEUR

23-31, PASSAGE CHOISEUL, 23-31

M DCCC LXXXIX

(C.)

A

mon cher éditeur

ALPHONSE LEMERRE

qui a publié mon premier livre,

je dédie affectueusement ce nouveau volume,

en souvenir

de notre vieille et constante amitié.

A. TH.

DEUX SOEURS

I

Hou... oup! Hou... houp!

Ce huchement précipité, lancé à plein gosier par un personnage invisible, partait de la lisière d'un bois de sapins dont le crépuscule tombant noircissait les masses confuses. La voix montait sonore dans l'air fraîchissant et allait se perdre parmi les pâturages de la croupe mamelonnée qui reliait deux cimes déjà noyées dans la brume; puis le paysage crépusculaire reprenait sa physionomie silencieuse;

on n'entendait plus dans l'obscurité croissante que le glouglou d'une source ou les tintements lointains des clochettes d'un troupeau de vaches. Un mince croissant de lune, se rapprochant rapidement de l'horizon, permettait de distinguer encore la courbe molle qui marquait l'évasement du col, et très haut, vers la droite, coupant horizontalement le ciel qui s'étoilait, la muraille rocheuse du Parmelan, — une montagne de dix-huit cents mètres qui se dresse entre Thônes et Annecy et domine, comme un belvédère cyclopéen, la vallée où coule le Fier.

A ce moment, le personnage qui avait lancé ce double appel émergea de la lisière des sapins et descendit vers les pâtis. Aux faibles clartés du croissant de lune, on distinguait sa silhouette solide et trapue. Il était guêtré jusqu'aux genoux, portait un sac de touriste sur ses larges épaules, et, tenant d'une main son chapeau de paille et son bâton ferré, il s'épongeait méticuleusement les tempes. On devinait plus qu'on ne voyait nettement sa tête ronde, son front bombé surmonté de cheveux crépus et grisonnants, sa figure pleine aux joues rasées, ornées seulement de courts favoris en pattes de lapin. Il se retourna, agita son chapeau, et trois autres personnes sortirent du bois : — deux jeunes filles coiffées de chapeaux de paille et un gros garçon moustachu, marchant avec une précaution méthodique sur le terrain tourbeux, où croissaient çà et là de hautes tiges de gentianes.

Les deux jeunes filles, déjà lasses, allèrent s'asseoir sur des quartiers de roche formant la base d'une croix de mission plantée à la crête du col, tandis que le garçon interpellait respectueusement, mais avec une nuance d'inquiétude, l'homme au sac de touriste :

— Eh bien! patron, vous êtes-vous orienté? Sommes-nous dans le bon chemin?

— C'est singulier, Prosper Baduel, répondit l'autre, un peu embarrassé, je ne m'y reconnais plus... J'ai pourtant fait l'ascension du Parmelan autrefois...

— Oui, autrefois!... Il y a vingt-cinq ou trente ans, oncle César, interrompit d'une voix légèrement moqueuse l'une des jeunes filles, dont on entrevoyait encore le minois chiffonné et les yeux surmontés d'épais sourcils. — Mais depuis trente ans les bois ont grandi et votre mémoire n'en a pas fait autant... Le sentier s'est peut-être déplacé?

— C'est ta réflexion qui est déplacée, Françoise! repartit l'oncle d'un ton de mauvaise humeur, tais-toi!... Ma mémoire est excellente, seulement dans cette mâtine d'obscurité on se blouse... Je ne m'y retrouve plus.

— Vous auriez dû m'écouter et prendre un

guide à Dingy, répliqua Françoise en secouant les épaules avec un geste d'enfant gâtée... Ça ne serait pas gai de coucher à la belle étoile !

— Moi, j'en prendrais très bien mon parti, dit à son tour la seconde jeune fille ; regarde, Françoise, c'est vraiment beau !

Elle s'était décoiffée, et la clarté lunaire argentait son teint de blonde, ses longs cils humides et ses cheveux crépelés qui retombaient en une lourde natte sur ses épaules. Accoudée à l'un de ses genoux, le menton dans la main, elle embrassait d'un regard enthousiaste le ciel étoilé, les pâturages endormis et le fond de la vallée de Dingy, velouté d'une vapeur bleuâtre.

— Oh ! toi, Claudia, tu es sentimentale, chacun sait ça ; mais moi, qui suis très prosaïque, je déclare que j'ai l'estomac creux et qu'il me tarde de trouver un bon souper au chalet du Parmelan.

— Enfin où sommes-nous ? s'écria Prosper Baduel.

— Nous devons être près du *Chalet Chapuis*, murmura l'oncle César en se recoiffant d'un air ennuyé.

— Le chalet est là, sur votre gauche, glapit une voix enfantine.

En même temps ils virent surgir de l'ombre un petit pâtre d'une dizaine d'années, qui sautillait comme un gnome à travers les flaques d'eau.

Le chalet était tout près, en effet. En s'avan-
çant dans la direction indiquée par le gamin, ils
distinguèrent bientôt le grognement sourd des
cochons dans l'étable et le bruit frais de la fontaine déversant son eau vive dans le tronc creux
d'un fût de noyer. Peu à peu les toits bas des
bâtiments se dessinèrent sur le ciel. — Tout au
loin, de l'autre côté du col, une large tache phos-
phorescente tremblotait au fond de la plaine
vaporeuse.

— Qu'est-ce que c'est que ça ? demanda au petit
pâtre l'oncle César complètement désorienté.

— Ça, c'est les lumières d'Annecy, répondit
l'enfant ; la place la mieux éclairée est la gare du
chemin de fer...

Pendant ce colloque, la lune s'enfonçait derrière une crête, et tout le paysage se noyait dans
une ombre plus opaque.

— Mes enfants, si vous m'en croyez, insinua
timidement l'oncle César, nous attendrons le
jour pour continuer notre route et nous coucherons sur le foin au chalet Chapuis !

Cette proposition fut accueillie par des récla-
mations énergiques.

— Eh bien ! et souper ? s'exclama Françoise ;
nous ne trouverons ici que de l'eau claire... Merci,
par exemple !

— Et puis, nous arriverons au Parmelan après

le lever du soleil, et notre partie sera manquée !
objecta Claudia.

Prosper Baduel, malgré les sentiments de déférence dont il était pénétré à l'égard de son patron,
ne put s'empêcher de protester contre la pusillanimité de M. César.

— C'est insensé ! reprit ce dernier, qui n'aimait pas à être contrecarré ; il fait noir comme
dans un four, et je ne me soucie point de me
casser les jambes au fond de quelque trou... Nous
coucherons au chalet, à moins que je ne trouve
quelqu'un qui veuille bien nous conduire jusqu'au
Grand-Montoir !

— Si vous le permettez, monsieur, dit soudain
à côté de lui une voix jeune et sonore, je vous
servirai de guide...

L'oncle César se retourna et aperçut la silhouette élancée d'un inconnu, porteur comme lui
d'un sac de touriste, et qui s'était approché du
groupe à son insu, l'herbe épaisse et feutrée du
pâturage ayant amorti le bruit de son pas.

— Tout à l'heure, tandis que je montais au
col, continua le nouveau venu, je vous ai entendu
appeler et je me suis dirigé du côté où l'on
huchait... Je vais moi-même au Parmelan et je
serai enchanté de vous montrer le chemin, que je
connais parfaitement.

— Ma foi, ce n'est pas de refus, répondit

M. César avec un soupir de soulagement; puis il ajouta d'un ton cérémonieux : — A qui ai-je l'honneur de parler?

— Je suis monsieur Maurice Tournyer, professeur de rhétorique au collège, répliqua le jeune homme; — si vous le voulez bien, nous nous remettrons en marche; j'ai une lanterne de poche que je vais allumer et qui ne nous sera pas inutile.

Il frotta une allumette, et la petite lanterne projeta tout d'un coup une lueur qui permit de distinguer la tournure et les traits du professeur. — Il était grand, de taille élégante, la barbe noire très soignée et l'air sérieux. — En l'entrevoyant à la clarté vacillante de la lanterne, Françoise, qui tenait le bras de sa sœur Claudia, ne put réprimer un mouvement de surprise.

— Est-ce que tu le connais? chuchota Claudia, tandis que les trois hommes prenaient les devants.

— Oui, ma chère, murmura Françoise; il passe souvent sous nos fenêtres, et je l'avais remarqué... Il est joli garçon, sais-tu?

— Tais-toi, reprit sa sœur en riant, si l'oncle César t'entendait, il serait capable de congédier notre guide!...

Le samedi soir, pendant la belle saison, le Parmelan est fréquemment un but d'excursion pour les bourgeois et les jeunes gens d'Annecy, qui ne sont pas fâchés de se délasser des besognes de la

semaine en passant leur dimanche dans la montagne. — On part, vers la fin de la journée, « en
caravane, » et l'on va coucher et déjeuner au
chalet construit par le club alpin sur le plateau
principal du Parmelan, dont l'ascension n'exige
pas plus de quatre heures de marche.

Depuis longtemps, M. César Dumoulin, chef
de l'importante maison de mercerie et de rouennerie : « Dumoulin et sœur, » avait promis cette
partie de plaisir à ses deux nièces et à son premier
commis Prosper Baduel. Il avait jadis, dans sa
prime jeunesse, gravi les pentes de la montagne,
et il s'étendait avec complaisance sur les péripéties de cette course alpestre, qui avait été son
unique ascension. — Il s'était fait fort de conduire ses compagnons sans la moindre difficulté
au sommet. Tout avait, en effet, admirablement
marché jusqu'à La Blonnière, où l'on chemine
sur une belle route ; mais, au sortir du hameau,
les souvenirs du notable commerçant étaient
devenus moins précis ; les hésitations avaient
commencé ; bref, il s'était fourvoyé à l'entrée du
bois de sapins, sans parvenir à trouver le sentier
qui mène au *Grand-Montoir*.

Il contait tout cela par le menu à Maurice
Tournyer, qui ne l'écoutait que d'une oreille dis-
traite, — trop occupé lui-même à diriger cette
marche à travers les ténèbres pour prêter atten-

tion aux récits prolixes du négociant. — Sous les branches entre-croisées des sapins et des hêtres, la nuit était devenue absolument opaque; on s'enfonçait dans le noir, et on pouvait à peine deviner le chemin, coupé par des foudrières boueuses, à la fuyante lueur de la lanterne que le professeur tenait élevée comme un fanal. De temps à autre il criait derrière lui: « Attention! il y a ici une mare, prenez la droite! » ou bien: « Nous longeons un trou, appuyez à gauche! » — M. César Dumoulin tantôt glissait sur la terre humide, tantôt choppait à un tronc d'arbre; il se cramponnait au bras du taciturne Prosper Baduel et jurait qu'on ne l'y reprendrait plus. Les jeunes filles riaient à l'arrière et s'amusaient fort des menus incidents de cette marche nocturne. — De loin en loin, des troncs de bois pourri étalaient dans les ténèbres des phosphorescences laiteuses; çà et là aussi, des vers luisants, trouant la mousse d'une fugace lueur d'émeraude, semblaient de minuscules feux follets.

En cherchant à en ramasser quelques-uns pour les poser sur son chapeau, Françoise trébucha, et, tombant sur ses genoux, poussa un cri. Le professeur confia lestement sa lanterne à Baduel, puis courut vers la jeune fille, qu'il aida à se relever.

— Vous n'avez point le pied assez sûr, mademoiselle, lui dit-il, et ici une glissade pourrait avoir des suites désastreuses... Permettez-moi de vous offrir le bras.

Elle accepta, en s'excusant, et la file se reforma : — Prosper Baduel en éclaireur, puis l'oncle César serrant de près son commis ; au centre, Claudia ; et enfin, à l'arrière, Françoise au bras de Maurice Tournyer. L'obscurité, difficilement percée par les faibles rais de lumière de la lanterne, devenait par moment très profonde. Le sentier, détrempé, était glissant, et Françoise, déjà lasse, s'appuyait involontairement plus fort sur son guide. Claudia, toute à l'émerveillement de cette montée à travers de fantastiques verdures et de grandes plantes parfumées, dont les sommités fleuries lui frôlaient doucement les mains, ne pouvait s'empêcher de traduire son admiration par des paroles enthousiastes : « Oh ! encore un tronc d'arbre lumineux !... Et là-bas, ces vers luisants qui remuent leurs petites lanternes comme pour éclairer un bal de fourmis, est-ce joli ? est-ce étrange ?... Il me semble que je marche dans un conte de fées !... »

Le professeur écoutait attentivement ces naïves exclamations jetées dans la nuit par une voix juvénile et musicalement timbrée. Il s'étonnait de les rencontrer dans la bouche d'une fille de commerçants. Françoise restait silencieuse. Les dents serrées par un reste de crainte, les yeux à demi fermés, elle éprouvait une volupté inconsciente à marcher dans cette épaisse obscurité, suspendue au bras de ce beau garçon ; elle s'appuyait avec abandon contre l'épaule de M. Tournyer et sentait la chaude pression du bras à travers l'étoffe légère de son corsage. Quand on sortit du fourré et que la limpide clarté des étoiles permit de distinguer le sentier, elle eut un confus sentiment de regret en s'apercevant que Maurice Tournyer se disposait à la quitter pour reprendre la tête de la caravane.

On était arrivé au pied du *Grand-Montoir*, — un escalier géant taillé dans la paroi du rocher et surplombant en lacets au-dessus de l'abîme. Des rampes de fer scellées dans le roc, aux endroits dangereux, en rendent l'accès facile, même aux touristes féminins. Grâce à la lanterne, que le professeur tenait très élevée, la troupe des excursionnistes, disposée en file indienne, gravit sans accident les degrés escarpés du *montoir*. Au bout d'une heure, on atteignit le sommet et on aperçut le toit du chalet se découpant en noir sur le ciel étoilé. Il était temps, car l'oncle César, essoufflé, les épaules coupées par les courroies de son sac, déclarait qu'il n'en pouvait plus.

II

A l'intérieur du chalet, un bon feu réchauffant ronflait dans le poêle. M. Dumoulin avait écrit au *chalézan* pour annoncer sa venue, et un frugal souper montagnard, déjà servi au bout d'une longue table de sapin, attendait les quatre représentants de la maison Dumoulin et sœur. Tandis que Maurice Tournyer se débarrassait de son sac et souhaitait familièrement le bonsoir aux gens du chalet, Françoise avait tiré son oncle à part et lui représentait qu'il était de la plus simple politesse, après le service rendu par le jeune professeur, de l'inviter à partager le souper préparé par eux. A quoi le commerçant, très à cheval sur les convenances, acquiesçait par un hochement de tête. Il se dirigea vers Tournyer et lui demanda cérémonieusement de « lui faire le plaisir de souper avec sa famille. » Celui-ci ayant accepté, on se mit à table sans plus de façons.

L'air vif de la montagne avait aiguisé l'appétit de toute la bande. Prosper Baduel et l'oncle César, surtout, faisaient honneur au souper en l'assaisonnant de grosses plaisanteries de boutiquiers en vacances. Les deux jeunes filles s'étaient décoiffées et mises à l'aise. Elles s'abandonnaient franchement à la joie de cette partie de plaisir, longuement préméditée, et qui paraissait être un événement dans leur vie casanière. Le professeur, placé en face d'elles, à côté de M. Dumoulin, pouvait maintenant les observer plus à loisir, à la lueur des deux lumignons fumeux qui éclairaient la table.

Bien qu'habillées pareillement de jupes claires et de casaques de soie écrue, les deux sœurs formaient un contraste curieux. — Françoise, celle qui paraissait l'aînée, bien qu'elle eût en réalité deux ans de moins que Claudia, était une brune aux traits irréguliers, mais expressifs. De face, elle déplaisait presque au premier aspect; son nez retroussé, aux narines très dilatées, manquait de correction; sa bouche, trop grande et d'un rouge vif, était ornée, sur la lèvre supérieure, d'un duvet qui lui donnait quelque chose de trop viril; ses sourcils épais se rejoignaient presque, et son front assez bas était encore caché par l'abondante crépelure de cheveux noirs frisottants. Mais elle avait de grands yeux d'un bleu vert, lumineux et attirants; elle était remarquablement faite, la poitrine précocement développée, les épaules rondes, le cou et les bras bien modelés. Vue de profil, avec ses paupières mi-closes, sa joue mate et pleine, ses lèvres charnues, son menton proéminent, sa figure prenait un caractère sensuel et passionné qui arrêtait le regard.

Claudia avait vingt ans. La sveltesse de sa taille et la coupe de son visage la faisaient paraître plus jeune fille que sa sœur. Ses cheveux blonds à reflets roux, séparés en bandeaux, étaient noués sur la nuque par un ruban bleu et retombaient en une grosse natte sur le dos. Ses formes avaient plus de gracilité; ses traits réguliers, mais très mobiles, prenaient en s'animant une vivacité ingénue qu'accroissaient encore deux grands yeux bruns étonnés et une bouche aimable aux coins relevés. Un petit signe noir sur l'une des joues, un nez fin et droit, deux sourcils à la mince ligne brune, un front blanc, lisse et volontaire, achevaient de donner a cette physionomie ouverte une expression à la fois très virginale et très décidée.

Placé entre les deux sœurs, Prosper Baduel,

avec sa massive ossature, son large visage carré et
vulgaire, sa bouche trop fendue, surmontée
d'une grosse moustache rousse, ses yeux ronds et
clairs, ses gestes lents d'homme méthodique et
minutieux, faisait encore ressortir le charme de
ces deux jeunes figures féminines si différentes.
Il prodiguait à Claudia ses plus galantes attentions et marquait pour elle une préférence dont
Françoise, du reste, ne semblait nullement jalouse.
— Maurice Tournyer ne perdait rien de tous ces
détails en écoutant la conversation pesante et
terre à terre de l'oncle César. Le souper, servi
par la femme du *chalégan*, fut vite dépêché.
M. César Dumoulin, fatigué de la montée et les
yeux gros de sommeil, avait hâte d'aller s'étendre
dans son lit. Il pressait ses nièces d'en finir, et,
vers minuit, chacun se mit en mesure de s'installer pour dormir. Les jeunes filles occupaient
une petite pièce réservée aux dames; l'oncle et
Prosper campaient dans un cabinet contigu.
Quant à Maurice, il gagna le grenier et s'allongea
tout habillé sur un des lits de camp du dortoir
commun.

Il se sentait encore très éveillé. Longtemps il
entendit à travers les cloisons de sapin du chalet
le rire des jeunes filles monter du rez-de-chaussée,
— interrompu par les objurgations courroucées
de M. César, que cette joie espiègle empêchait de

dormir; — et longtemps, en se retournant sur son mince matelas, il réfléchit à sa rencontre avec la famille Dumoulin.

Encore qu'il entrât à peine dans sa vingt-huitième année, Maurice Tournyer n'était déjà plus ni romanesque ni sentimental. Instruit, ambitieux, très préoccupé de faire son chemin, il voyait surtout le côté positif de la vie et avait, par raison, remisé depuis plusieurs années les chimères sous le hangar. C'était un garçon sérieux, à l'esprit délié, très capable d'affection et de dévoûment à ses heures, mais se tenant en garde contre son cœur, ayant toujours devant les yeux les exigences de l'existence quotidienne et la nécessité de résister aux entraînements de jeunesse qui seraient de nature à entraver sa carrière universitaire. — Néanmoins, l'agréable aventure de cette soirée souriait à son imagination et il se complaisait à repenser à la jolie figure, au poétique enthousiasme de l'aînée des jeunes filles. Dans les ténèbres de son grenier, il revoyait nettement cette physionomie expressive et chaste, et involontairement il prêtait l'oreille, s'amusant à reconnaître dans les éclats de rire qui montaient du rez-de-chaussée le timbre musical de la voix de Claudia. — Puis, le sens pratique de la vie reprenant le dessus, il se rappelait avoir entendu vanter la solidité commerciale de la maison

Dumoulin; il s'abandonnait alors avec moins de scrupules à ses rêveries, en réfléchissant vaguement à la condition sociale de cette aimable fille, et il se promettait de cultiver la connaissance de l'oncle César. — Il s'endormit très tard et fut réveillé en sursaut par la voix du *chaléṭan*, annonçant aux touristes que quatre heures sonnaient et qu'il était temps de quitter le chalet pour assister au lever du soleil.

Il procéda rapidement à sa toilette, et, en descendant dans la salle commune, il distingua aux premières blancheurs de l'aube, par une porte entre-bâillée, Claudia se coiffant devant un étroit miroir. Les cheveux épars crépelaient sur les épaules de la jeune fille. La vue d'un bras nu tordant cette masse dorée, le fin profil de Claudia entr'aperçu parmi la chevelure qui ondulait, lui donnèrent une sensation doucement réchauffante; mais, craignant d'être surpris en flagrant délit d'inconvenant espionnage, il s'esquiva sur la pointe des pieds et gagna le pâturage qui s'étendait à gauche du chalet.

L'aube fraîche et bleutée se levait dans un ciel sans nuage. Il fut bientôt rejoint par les deux jeunes filles, frileusement encapuchonnées de tartans, et escortées par le fidèle Prosper. M. Dumoulin, encore las de son ascension, n'avait pas prétendu se lever et s'était replongé énergiquement

2

dans son bain de sommeil. Ils s'assirent silencieusement tous quatre au sommet d'un tertre qu'on
nomme le *Signal*. — Devant eux, par delà deux
plans de montagnes encore noires, le Mont Blanc
teinté d'azur découpait son dôme et ses aiguilles
sur un ciel limpide dont les rougeurs s'avivaient
de plus en plus à mesure que le soleil s'approchait. A droite et à gauche du massif, des cimes
blanchissantes dentelaient l'horizon et se perdaient
au loin dans la brume matinale. Peu à peu tous
les glaciers se nuancèrent d'un rose vif; le soleil,
tout d'un bond, se leva derrière les créneaux de
la *Roche-Percée* et la chaîne neigeuse étincela d'un
bout de l'horizon à l'autre.

— Oh! que c'est beau! s'écria Claudia,
empoignée par une émotion qui mouillait ses
yeux bruns.

Alors Maurice, touché de cette admiration
naïve, sortit de sa réserve et célébra avec élo-
quence les splendeurs des paysages de la Savoie.
Il était joli parleur, ayant l'élocution facile et poétiquement fleurie. Les deux sœurs buvaient ses
paroles, et Prosper Baduel, ouvrant deux yeux
ronds, l'écoutait avec le respect un peu méfiant
des taciturnes pour les gens qui ont le don de
parler d'abondance.

Sur leurs têtes, le ciel d'un bleu de turquoise
était animé par de continuels vols d'hirondelles

de montagne; à leurs pieds, s'étalaient comme une mer de pierre aux vagues figées les *lapiaz* qui forment le plateau du Parmelan; — tout un vaste espace rocheux aux lézardes bordées de sapins à demi morts, aux crevasses remplies de neige; — quelque chose d'étrange qui fait rêver aux ruines d'une ville de Titans, et où, çà et là, une flore plantureuse pousse sur d'étroites bandes de terre végétale.

Les fleurs avaient attiré l'attention de Françoise. Incapable de rester longtemps en place, elle força Baduel à l'accompagner à travers les *lapiaz*; de sorte que Maurice demeura en tête-à-tête avec Claudia.

Le soleil leur envoyait maintenant ses premiers traits d'or et les enveloppait d'une tiède caresse. Une paix profonde les environnait, et sur ce tertre du *Signal* ils se trouvaient comme en une île déserte. Claudia se sentait peu à peu gênée de cette solitude à deux, et, pour rompre un silence embarrassant, elle questionnait le professeur sur les montagnes dont le cirque immense s'élargissait autour d'eux. Il lui nommait les pointes de l'énorme arête des Aravis, le Charvin à la pyramide bleuâtre, la Tournette pareille à une colossale mitre d'évêque, les cônes verdoyants des Bauges. La jeune fille admirait, s'étonnait, et sa mobile physionomie exprimait un sincère enthousiasme. Maurice jouissait de ses émerveillements ; parfois, au cours de cette démonstration topographique, leurs regards se rencontraient. Alors, le jeune homme s'embrouillait dans ses explications, et de nouveau un périlleux silence les laissait un peu troublés, l'un en face de l'autre.

Maurice Tournyer, dont la travailleuse et monotone existence de professeur était clairsemée de semblables distractions, s'abandonnait sans scrupules au charme d'un tête-à-tête qu'il n'avait point cherché et qui ne se renouvellerait peut-être jamais. Il savourait voluptueusement cette halte trop rare au milieu des ennuyeuses besognes de son métier, cette heure brève où il pouvait laisser battre son cœur et vagabonder son imagination Claudia, de son côté, jouissait innocemment de ces émotions toutes neuves pour elle, et sa joie se traduisait par un plus humide éclat de ses yeux, par une illumination de tout son visage. Tous deux se taisaient. Le jeune homme, étendant distraitement le bras, cueillait dans le gazon ras des anémones et des gentianes bleues ; il les offrait sans parler à Claudia, qui les arrangeait en bouquet, et quand leurs doigts se rencontraient, ils éprouvaient tous deux une exquise langueur fondante qui les attendrissait.

Ils furent tirés de cette molle béatitude par la voix de l'oncle César. Il semblait gourmander

Baduel et Françoise qui revenaient avec des bras-
sées de fleurs, et il apparut bientôt près de sa
nièce, le sourcil froncé et la bouche plissée. On
devinait qu'il était inquiet et fâché de ce tête-à-
tête de Claudia avec un jeune homme qu'il connaissait à peine, après tout, et qu'il avait rencontré au coin d'un bois. Aussi pressa-t-il le déjeuner
et annonça-t-il son intention de descendre à
Annecy avant le gros de la chaleur.

Bien que Maurice Tournyer eût formé le projet
de passer tout son dimanche sur le Parmelan, il ne
put résister à la tentation d'accompagner la famille
Dumoulin jusqu'au chalet Chapuis. Pendant la
descente, il laissa les jeunes filles continuer leur
récolte de fleurs alpestres le long des rampes du
Grand-Montoir et il s'appliqua à gagner les bonnes
grâces de l'oncle César et de Baduel. Il y réussit.
Le négociant le trouva bien élevé et « distingué; »
Prosper lui-même fut ravi des façons affables et
de l'air bon enfant du professeur; lorsqu'on arriva
au col, on était très bons amis. Aussi le jeune
homme, en prenant congé des deux sœurs et de
leurs chaperons, crut-il pouvoir solliciter la permission d'aller s'informer chez M. Dumoulin si le
retour s'était effectué sans trop de fatigues, — et
cette permission lui fut accordée.

Maurice Tournyer, adossé aux assises de la
croix de pierre, regarda, non sans une vague

mélancolie, le groupe des excursionnistes s'éparpiller et décroître le long des pâturages de La Blonnière. Les deux jeunes filles se détachaient gaîment, avec leurs casaques claires et leurs gerbes fleuries, sur la verdure des prés. — Claudia fermait la marche; avant de disparaître, elle se retourna et répondit par un signe de tête au dernier salut de Maurice. Un pli de terrain la déroba brusquement aux regards du jeune professeur; alors il s'enfonça de nouveau, tout esseulé et rêveur, sous les massifs de sapins qui précédaient le *Grand-Montoir*.

III

L'HABITATION et les magasins de la maison « Dumoulin et sœur » étaient situés sur la place Saint-François, dans les bâtiments de l'ancien couvent de la *Grande-Visitation*, — celui-là même où Mme de Warens abjura le protestantisme vers 1722. — Ils faisaient face à une antique bâtisse, maintenant inoccupée, qu'on nomme le *Palais-de-l'Isle* et qui, pareille à une proue de galère, coupe en biseau le courant du Thiou alimenté par le trop-plein du lac. L'eau claire et rapide se partage là en deux bras qui, tantôt à ciel ouvert, tantôt souterrainement, arrosent une bonne partie de la ville et sont reliés à des quais étroits par de petits ponts aux arches moussues. Ce vieux quartier, — une Venise

en miniature que menace déjà l'édilité locale, —
est un des coins les plus pittoresques d'Annecy.
Des verdures touffues, s'échappant d'une cour
intérieure, débordent par-dessus les murailles du
Palais-de-l'Isle et frôlent de leurs branches l'eau du
canal où sont installés des lavoirs en plein air. La
lumière du levant baigne les assises verdâtres du
quai, les façades ventrues qui semblent vouloir
s'effondrer dans le Thiou, les balcons de bois
fuselés, les estacades délabrées des ponceaux et la
fraîche obscurité des voûtes. Dans cette noire
vétusté, des notes vives et gaies éclatent à chaque
encoignure : — la blancheur des linges étalés, la
rougeur intense des pots de géraniums suspendus
aux croisées, le vert clair des balcons et des
jalousies. Tout cela chante et réjouit l'œil. Si l'on
se retourne, on voit pointer à gauche, au-dessus
des toits, les tours carrées du château des comtes de
Genevois; on aperçoit en face, par delà la nappe
bleue du lac, les cimes calcaires du Parmelan, et
on a à sa droite la façade de l'ancienne église de
la Visitation, dans l'architecture bâtarde de laquelle
se trouvent encastrées les vitrines du magasin de
M. Dumoulin.

La devanture, percée d'une double porte vitrée
et ornée de glaces séparées par des châssis peints
en brun, jure singulièrement avec les pilastres
doriques, les coquilles et les lourdes consoles du

premier étage. Barrant l'entablement du fronton, une large enseigne s'étale au-dessous d'une grande fenêtre cintrée et porte en caractères dorés sur fond brun :

AU FIL

MERCERIE ET ROUENNERIE

DE LA VIERGE

GROS ET DÉTAIL

—

DUMOULIN ET SŒUR

C'est là que, depuis trente années, César Dumoulin et sa sœur, Mme veuve Tavan, dirigent l'une des plus importantes maisons de commerce de la ville et fournissent aux ménagères et aux détaillants de l'arrondissement les objet les plus indispensables à la vie domestique : depuis les aiguilles et les pelotons de fil jusqu'au linge de corps, aux cotonnades et à ces chapeaux de paille à fond plat dont se coiffent les paysannes de la Savoie. Rien n'a été épargné, du reste, après la mort de feu Tavan, pour accroître la prospérité de l'établissement. Le magasin du *Fil de la Vierge* a été l'un des premiers éclairés au gaz; dans les derniers temps, l'oncle César a restauré et décoré la devanture à la moderne. Les glaces limpides et larges permettent aux passants de contempler du dehors l'étalage laborieusement et symétri-

quement disposé, chaque matin, par le méthodique Prosper Baduel : — les pièces d'étoffe
faisant fond et plissées en éventail, les entrelacs
de rubans multicolores, les bouquets de fleurs
artificielles, les écheveaux de fil et de soie formant
rosace et les fragiles édifices construits avec des
chapeaux de paille, s'arrondissant en portiques.

A l'époque où commence ce récit, le personnel
placé sous la surveillance de Prosper Baduel se
composait de deux demoiselles de magasin et d'un
homme de peine chargé des nettoyages et de l'em-
ballage. Mme veuve Tavan remplissait elle-même
les fonctions de caissière. Elle s'installait, de neuf
heures du matin à sept heures du soir, dans une cage
vitrée, pratiquée à l'entrée de la boutique oblongue
et profonde, d'où l'on pouvait à la fois surveiller
les deux comptoirs parallèles et le va-et-vient des
clients. L'étroite banquette de cuir qui meublait
cette logette donnait place à deux personnes, et
l'oncle César, au retour de ses courses d'affaires,
venait souvent y retrouver sa sœur et collaborer à
la tenue des livres. Ses deux nièces ne mettaient
que rarement les pieds au magasin. Mme Tavan
avait jugé plus convenable et plus sûr, depuis
qu'elles étaient revenues du Sacré-Cœur de Chambéry, de les soustraire à la promiscuité des clients
et des demoiselles de boutique ; elle exigeait
qu'elles demeurassent dans l'appartement parti-

culier qu'elle occupait au premier étage d'une
maison contiguë, formant l'encoignure de la place
Saint-François. Elle leur réservait les soins du
ménage, l'entretien du linge et quelques travaux
de broderie. C'était chez elle aussi que l'oncle
César et tout le personnel prenaient leurs repas.
— Prosper Baduel seul avait le privilège de s'asseoir à la table de famille ; les employées étaient
servies à part et l'homme de peine mangeait à la
cuisine. — Tout ce monde logeait au-dessus du
magasin, y compris l'oncle Dumoulin, dont la
chambre n'était guère plus luxueuse que celle de
son premier commis. Il n'y rentrait du reste que
pour se coucher, ayant l'habitude de passer
toutes ses soirées avec sa sœur et ses deux nièces.

Par suite de ces arrangements, Claudia et
Françoise restaient seules pendant une grande
partie de la journée et jouissaient d'une liberté
relative. Elles ne pouvaient guère en abuser, car
leur mère, avant de descendre au magasin, leur
assignait des tâches dont elle vérifiait minutieusement l'accomplissement chaque soir. Mme Tavan
était une femme nerveuse, brune, sèche, despotique et emportée. Elle avait aimé, disait-on,
d'une passion ardente et jalouse feu Tavan, qui
était fort beau garçon et représentait dans la
maison du *Fil de la Vierge* le côté imaginatif et
aventureux. D'après les mauvaises langues, Tavan

était mort consumé par ce trop brûlant amour
conjugal, et sa veuve, bien que jeune encore et
peu faite pour la solitude, avait obstinément
refusé de se remarier. L'oncle César, qui appré-
ciait médiocrement son beau-frère et le traitait
de rêveur, l'avait en vain pressée de donner un
successeur au défunt, elle s'était enfermée dans
ses regrets et consacrée à l'éducation de ses deux
filles. Elle les aimait à sa façon, avec emporte-
ment, les punissant pour les moindres manque-
ments à l'obéissance filiale, et le lendemain, les
gâtant sans mesure. César Dumoulin, aussi auto-
ritaire que sa sœur, mais d'un caractère plus froid
et plus égal, essayait sans succès de régler les
écarts de ce système d'éducation. Il était, lui
aussi, partisan d'une discipline sévère; mais il
voulait que cette sévérité fût mieux équilibrée, et
de plus il reprochait à Mme Tavan d'élever ses
filles trop en demoiselles. — En somme, malgré
leurs prétentions éducatrices, les deux négociants,
absorbés par leurs besognes commerciales, et
n'ayant ni le loisir ni la perspicacité nécessaires
pour étudier ces deux caractères de jeunes filles,
ignoraient absolument l'âme de Claudia et de
Françoise, qu'ils n'avaient pas su rendre commu-
nicatives.

Françoise tenait beaucoup de sa mère, à laquelle elle ressemblait physiquement. Elle était,

comme elle, à la fois positive, ardente et passionnée, toute de premier mouvement, n'ayant
pas un grain d'idéal, mais néanmoins capable de
commettre quelque folie sous l'impulsion irrésis-
tible de ses nerfs. — Claudia avait hérité de la
fermeté et de l'énergie de Mme Tavan mais elle
ressemblait surtout à son père. Elle tenait de lui
une nature tendre, enthousiaste et rêveuse. Elle
était romanesque d'instinct, sans avoir jamais lu
d'autres romans que les enfantines fictions de la
bibliothèque Mame. Elle avait grandi dans le
milieu froid, correct, prosaïquement affairé de
la maison Dumoulin, comme un lis blanc qui
pousserait entre les dalles d'une halle aux mar-
chandises.

Abandonnées à elles-mêmes dans cette silencieuse demeure de la place Saint-François; occu-
pées à des besognes matérielles de ménage et de
couture; n'ayant d'autres distractions que la
monotone contemplation des rares passants qui
traversaient la place, les deux jeunes filles s'étaient
depuis l'enfance prises l'une pour l'autre d'une
affection très vive. Elles ne s'étaient jamais quit-
tées, et les effusions innocentes, les petites joies,
les nuances délicates de ce fraternel amour leur te-
naient lieu de tout plaisir. Chez Françoise, l'affection était surtout instinctive, passive et égoïste;
chez Claudia, elle était plus égale, plus intime-

ment tendre, plus attentive et poétiquement dévouée. Quand, parfois, dans les causeries du soir, l'oncle César faisait quelque discrète et vague allusion à l'époque où il faudrait songer à un mari pour l'une des deux sœurs, la figure de Claudia se rembrunissait et ses yeux devenaient humides, rien qu'à l'idée d'une séparation possible. Quelle que fût l'austérité du régime intérieur de la maison du *Fil de la Vierge,* elle n'avait nullement le désir de changer de mode d'existence, si ce changement devait rompre son intimité avec Françoise.

Et cependant, Dieu sait si elle était maussade et grisement monotone, la vie qu'on menait place Saint-François! — Chaque matin, hiver comme été, pluie ou soleil, Claudia et Françoise partaient pour les provisions en compagnie de la cuisinière. C'était l'unique sortie de la journée. Les mardis et vendredis, jours de marché, elles parcouraient en tous sens la rue Sainte-Claire, où les paysannes se tiennent debout devant leurs paniers de légumes et leurs corbeilles de fromages; puis elles allaient chez les fournisseurs, à travers les rues étroites et caillouteuses de la Filaterie et de Saint-Maurice, sous les arcades trapues où les boutiques s'ouvrent dans une obscurité et une fraîcheur de cave; et, par de sombres passages voûtés, faisant communiquer les vieux

quartiers entre eux, elles s'en revenaient vite-
ment à la maison pour surveiller les apprêts du
dîner de midi, qui avait lieu dans une froide et
correcte salle à manger lambrissée de noyer ciré.
Après dîner, César, Prosper Baduel et Mme Tavan
redescendaient au magasin. On enlevait le couvert et, dans la même pièce, transformée en ou-
vroir, les deux sœurs travaillaient en face l'une
de l'autre, de chaque côté de la croisée aux
rideaux à demi soulevés. Cela durait jusqu'au souper qu'on servait invariablement à huit heures.
A la suite de ce repas sommaire, on faisait
cercle autour du poêle en hiver, devant la croisée
ouverte en été, et on causait longuement des
affaires de la maison ou des menus incidents de
la journée. Puis, quand la grosse voix du bourdon
de Notre-Dame sonnait dix heures, on se souhaitait le bonsoir et les jeunes filles montaient
au deuxième étage, dans la pièce qui leur servait
de dortoir commun.

Le dimanche apportait quelques modifications
à la monotonie du régime quotidien. On donnait
campos aux employés, et César emmenait Prosper jusqu'aux Balmettes ou à Albigny, afin de
humer l'air de la campagne et de s'ouvrir l'appétit. Pendant ce temps, Mme Tavan et ses filles
assistaient à la grand'messe de la cathédrale. On
se retrouvait à midi dans la salle à manger, pour

le dîner où apparaissaient pompeusement un pâté et une brioche commandés la veille chez la fameuse pâtissière de la rue Filaterie. Après dîner, les vêpres; puis Mme Tavan et ses filles s'en revenaient au logis par le chemin le plus long. Elles descendaient la rue Royale, dont tous les magasins étaient scrupuleusement fermés, et, s'il faisait beau temps, elles s'attardaient pendant une heure dans les allées ombreuses du Jardin public. Parfois, dans les longs jours, on recevait des visites de cérémonie au salon; droites et immobiles sur leurs sièges, Claudia et Françoise devaient écouter, en étouffant un bâillement, d'interminables considérations sur la cherté des vivres, l'insubordination des servantes, ou le sermon du matin. Elles s'en dédommageaient une fois seules, en se réfugiant dans l'embrasure de la croisée ouverte. Accoudées au coussinet de damas rouge, posé sur l'appui de la fenêtre, elles regardaient le lac bleuir, les bateaux et les yoles monter ou redescendre dans le chenal, les voyageurs traverser la place et courir vers le *Mont-Blanc*, dont le sifflet annonçait le dernier départ; — elles écoutaient rêveusement les accords d'une musique militaire jouant sous les platanes du Pasquier, ou la sonnerie d'un clairon retentissant dans une caserne voisine. Puis le crépuscule tombait. On se mettait à table et, après souper,

quelques familles de commerçants de la rue Filaterie venaient jusqu'à onze heures faire une partie
de *mariage,* en buvant le vin blanc et en croquant
des *riottes de carême**.

Les distractions du genre de la promenade
au Parmelan étaient tout à fait exceptionnelles.
Aussi constituaient-elles dans la vie domestique
un remarquable événement. Pendant la semaine
qui suivit cette dernière course, les péripéties
de la montée et de la descente furent le texte
des conversations des deux sœurs. Chaque soir,
au soleil couchant, laissant là leurs travaux de
couture, elles s'appuyaient à la barre de la
fenêtre et regardaient les montagnes se teinter
au loin d'une belle couleur mauve. Alors elles
se répétaient, pour la vingtième fois au moins,
les détails de leur excursion, et le nom de
M. Maurice Tournyer arrivait comme involontairement sur leurs lèvres. Françoise reparlait de
sa bonne mine, de la souplesse et de l'élégance
de sa démarche. Claudia vantait surtout la douceur de son regard à la fois caressant et pénétrant;
elle le trouvait très instruit, très brillant causeur,
avec quelque chose de poétique dans sa façon de
s'exprimer. Puis subitement, toutes deux devenaient silencieuses, comme si elles eussent voulu

---

* Pâtisserie sèche, au poivre et à l'anis.

réserver pour leur for intérieur le surplus de leurs impressions. Les yeux perdus vers les crêtes vaporeuses de la montagne, elles y cheminaient imaginairement en compagnie de Maurice Tournyer: Françoise se remémorait le plaisir secret qu'elle avait eu à marcher au bras du professeur dans l'obscurité du bois de sapins, semé de phosphorescentes lueurs; Claudia revoyait le plateau du *Signal*, baigné de soleil, et Maurice, couché à ses pieds, lui cueillant des fleurs ou lui désignant l'une après l'autre les cimes neigeuses aux appellations sonores...

IV

Le dimanche d'après, elles se rendirent comme de coutume, avec leur mère, à la messe de la cathédrale. Au dehors, il tombait une pluie douce et le vent des portes battantes apportait une odeur humide qui se mêlait aux senteurs de l'encens. Cette humidité, qui s'évaporait en buées fines et s'ajoutait à la fumée des encensoirs, emplissait le grand vaisseau de la nef d'un jour bleuâtre où s'agitaient confusément les rangées de fidèles agenouillés sur des chaises. L'orgue résonnait majestueusement, tandis que le prêtre et les diacres officiaient avec lenteur. Dans les stalles de noyer du banc d'œuvre, les chanoines, enveloppés de leur manteau brun doublé de rouge, suivaient l'office avec des gestes somnolents et béats. Les chantres psalmodiaient d'une voix bourdonnante; de temps en temps la sonnette d'un enfant de chœur tintait, et l'orgue reprenait sa musique gravement berceuse. Comme on s'agenouillait pour l'élévation, Françoise poussa brusquement du coude le bras de sa sœur:

— Il est là, à droite, derrière nous, chuchota-t-elle.

Claudia laissa tomber son paroissien; en le ramassant, elle se retourna, aperçut Maurice Tournyer et replongea dévotement sa tête dans ses mains, pour cacher une rougeur qui lui était montée au visage. — Appuyé à la barrière qui séparait la nef des bas-côtés, le professeur se tenait debout, l'œil fixé sur les jeunes filles. Le jour blanc, tombant d'une des verrières supérieures, l'éclairait jusqu'à mi-corps, montrant sa taille svelte, bien prise dans une jaquette noire boutonnée sur la poitrine, son col blanc rabattu dégageant bien le cou, sa tête aux cheveux coupés en brosse, sa barbe noire fourchue encadrant un visage à l'expression fine et sérieuse. Attentif, les bras croisés, il avait, grâce à ses cheveux noirs très ras et à sa barbe foncée, un peu l'air d'un puritain, mais d'un puritain au regard très tendre.

Claudia vit tout cela d'un clin d'œil; puis, honteuse de sa profane curiosité, se reprochant de mêler aux méditations pieuses des pensées et des préoccupations défendues, elle se prosterna sur sa chaise, courba sa figure sur son paroissien ouvert et s'interdit de regarder davantage derrière elle. Mais elle ne put néanmoins apporter au reste de la messe le recueillement nécessaire; bien qu'elle tînt ses yeux clos, elle conservait la vision très nette de ce beau garçon, dont il lui semblait sentir le regard caressant se poser sur sa nuque. L'orgue se mit de nouveau à résonner et elle l'écouta avec délices, lui trouvant tout à coup des accents d'une tendresse et d'une effusion toutes célestes.

En revenant de la cathédrale par le pont Morand, Claudia et Françoise, avec cette prudente hypocrisie qui se développe instinctivement chez les filles les plus honnêtes, se gardèrent, devant leur mère, de faire la moindre allusion au touriste du Parmelan aperçu dans l'église. Mais lorsqu'elles se retrouvèrent seules dans leur chambre, où elles étaient montées sous prétexte d'ôter leur chapeau, Françoise dit à son aînée :

— Tu sais, ma chère, il est venu à la cathédrale pour nous voir.

— Quelle idée! murmura Claudia, voilà pourtant comme tu te montes la tête, ma pauvre Fanchon!

— Je ne me monte pas la tête, répliqua la ca-

dette avec une pointe de dépit, car je ne suis pour
rien dans sa curiosité... Si j'ai dit « nous, » c'était
pour ne pas effaroucher ta modestie... Il est venu
pour *te* voir...

— Qu'en sais-tu? demanda Claudia en rougissant.

— Tu es plus à son goût, soupira Françoise...
Je l'observais en dessous, et il te dévorait des
yeux... Il est amoureux de toi, ma chère!

— Tais-toi! s'écria la sœur aînée en baissant
la tête et en se précipitant dans l'escalier...

L'après-midi, au sortir des vêpres, comme il
pleuvait, Mme Tavan ramena ses filles tout droit
au logis, et on s'installa dans le salon. — Cette
pièce, qu'on n'habitait guère que le dimanche,
avait un aspect glacial et inhospitalier, avec ses
rideaux de damas brun, méthodiquement croisés,
son piano droit plaqué contre le mur et hermétu-
quement fermé, ses meubles d'acajou symétriquement disposés en demi-cercle, et ses plantes
vertes artificielles qui dressaient rigidement sur
une table oblongue leur immobile végétation de
papier.

Toute la famille était là et s'ennuyait domini-
calement. Mme Tavan, en robe de cachemire
noir, feuilletait un prospectus des prix courants
d'une maison de rubanerie; sur le fond blanc et
or du papier de tenture, son profil irrégulier,

énergique et mobile se dessinait avec un relief de
médaille : les bandeaux grisonnants et crépus,
assez épais encore et se nouant en un modeste
chignon sur la nuque brune et maigre, le front
busqué, l'œil luisant sous une paupière ombragée
d'un sourcil très noir, le nez retroussé aux ailes
frémissantes, la bouche aux lèvres serrées, le
menton plein et proéminent. — Les deux sœurs,
assises près de la table oblongue, lisaient, l'une
un roman, l'autre *l'Introduction à la vie dévote*.
César Dumoulin, debout dans l'embrasure de la
croisée, tambourinait contre la vitre, en regardant
les larges gouttes de pluie ruisseler au dehors sur
les carreaux.

Tout à coup on sonna, et la cuisinière, ouvrant
la porte du salon, annonça : — « M. Maurice
Tournyer. »

Claudia, sans détacher les yeux de dessus son
livre, fut prise d'un battement de cœur; Françoise
regarda en dessous la figure surprise de Mᵐᵉ Tavan
et se demanda avec anxiété : — « Comment maman va-t-elle le recevoir ? » L'oncle César s'était
vivement retourné et allait au-devant du visiteur.

Maurice Tournyer, un peu intimidé, mais sans
gaucherie, s'inclina cérémonieusement devant
Mᵐᵉ Tavan et ses filles, puis tendit la main à
M. César et lui adressa tout d'abord la parole. —
Il usait, dit-il, de la permission qui lui avait été si

aimablement accordée et il venait s'informer de la santé de ses compagnons de voyage.

— Tout s'est bien passé, répondit froidement l'oncle César, ces demoiselles ont été enchantées de leur promenade... Ma chère Augustine, ajouta-t-il en présentant le visiteur, M. Maurice Tournyer est le jeune homme dont je t'ai parlé et qui nous a guidés au Parmelan... M. Tournyer est professeur au collège.

Mme Tavan répondit par une glaciale inclination de tête et invita le professeur à s'asseoir. Les deux sœurs, en constatant cet accueil plus que cérémonieux, se sentaient des piqûres d'aiguille aux tempes. Maurice devinait qu'on le recevait un peu comme un intrus, pourtant il ne se démontait pas et commentait longuement les péripéties de l'ascension. La conversation néanmoins se traînait languissante et l'oncle César ne faisait rien pour la ranimer, quand, tout à travers l'entretien, il échappa à Maurice Tournyer de dire qu'il avait passé son enfance à Albertville. Or Albertville était le pays natal de feu M. Tavan, et c'était là que Mme Tavan avait vécu pendant les premières années de son mariage. Justement, il se trouvait que Maurice connaissait la famille du défunt; il existait même entre lui et les Tavan une lointaine parenté... Il y eut alors un soudain changement dans les manières de Mme Tavan :

tout ce qui se rattachait à ce mari si violemment aimé prenait aux yeux de la veuve un intérêt capital. Elle s'échauffa, questionna le jeune homme sur le pays et sur leurs connaissances communes, fut enchantée de ses réponses et le prit brusquement en gré.

Claudia, qui jusque-là avait eu le cœur anxieusement serré, commença de respirer. L'oncle César n'en revenait pas de voir sa sœur si accueillante avec un étranger; il se détendit à son tour, sa physionomie s'épanouit, et il mit le professeur complètement à l'aise. Sur ces entrefaites, Prosper Baduel rentra et ne parut qu'à demi surpris de se rencontrer avec le touriste du Parmelan. Il avait été touché et flatté, pendant l'excursion, de la familiarité bonne enfant de ce compagnon de voyage; il ne lui déplaisait pas, aux yeux de ses confrères du commerce d'Annecy, de montrer qu'il était en relation d'intimité avec un professeur du collège. Aussi répondit-il cordialement à la poignée de main de Maurice. — La glace était rompue, et quand M. Tournyer se leva pour prendre congé, Mme Tavan le reconduisit jusque sur le palier:

— Nous recevons, lui dit-elle, quelques amis tous les dimanches soir... Si vous voulez bien, monsieur, vous joindre à eux, nous aurons grand plaisir à vous voir, et je serai ravie de causer d'Albertville avec vous...

Maurice Tournyer n'eut garde d'oublier cette invitation, et dès la semaine suivante il assista à la soirée hebdomadaire des Dumoulin. Sa présence donna à ces réunions du dimanche une animation qu'elles n'avaient jamais connue. Outre que le jeune homme était un aimable causeur, il possédait une jolie voix et il était bon musicien. Le piano longtemps muet recommença à résonner dans le salon blanc et or de Mme Tavan. Françoise, qui, depuis sa sortie du couvent, avait renoncé à jouer, lorsqu'elle n'avait d'autres auditeurs que l'oncle César et Prosper, se reprit d'un goût très vif pour la musique, du moment où il s'agit d'accompagner le professeur. M. Tournyer charma les habitués du dimanche en leur chantant des romances et des fragments d'opérette qu'il détaillait fort spirituellement. Bientôt, parmi la société commerçante d'Annecy, il ne fut bruit que des talents du professeur de rhétorique et de l'agréable façon dont on s'amusait maintenant chez les Tavan. Certaines familles de négociants intriguèrent pour être invitées, et cela donna à la maison du *Fil de la Vierge* un relief dont l'amour-propre de Mme Tavan et de l'oncle César fut flatté.

Le professeur ne se contentait pas d'être agréable, il rendait aussi des services utiles. Sachant l'italien, il s'était mis à la disposition de M. Dumoulin pour répondre aux lettres d'une maison de Turin avec laquelle le *Fil de la Vierge* était en affaires. Il avait gagné les bonnes grâces de Prosper Baduel, dont l'instruction était très imparfaite, en devinant ses désirs et en s'offrant à lui donner quelques leçons de grammaire et de style. Bref, en moins d'un mois, il avait eu l'art de se rendre indispensable et il était devenu l'hôte de la maison Dumoulin.

Cette intimité inespérée fut pour les deux jeunes filles une nouveauté pleine de secrètes et sourdes délices. Elle transformait complètement leur vie jusqu'alors si nue et si froide. Elle la colorait et la réchauffait. Sans accuser de préférence pour l'une ou pour l'autre sœur, Maurice Tournyer partageait entre Claudia et Françoise les mêmes délicates attentions, le même empressement aimable et respectueux. Et ainsi, doucement bercées dans un rêve de discrète tendresse, elles goûtaient toutes deux, sans être troublées encore par une arrière-pensée jalouse, ce qu'il y a de plus suave, de plus pur et de meilleur dans l'amour, — l'espérance.

V

ÊTES-VOUS sûre, mademoiselle Claudia, que nous tenions le bon chemin ?

— Très sûre, monsieur... Nous venons tous les ans, à cette époque, déjeuner aux Grangettes, et je connais le pays mieux que mon oncle... En suivant ce raccourci, nous serons à la ferme un quart d'heure avant la voiture.

Entre deux haies, au pied desquelles courait un filet d'eau limpide, Maurice Tournyer et Claudia Tavan grimpaient une sente ombragée çà et là par des noyers. Devant eux, parmi les pâturages et les vergers, le village de Dingy s'éparpillait en quatre ou cinq petits hameaux dont les toits bruns fumaient sous les arbres. Derrière, les prairies en pente douce dévalaient jusqu'à la gorge où le Fier, entre deux talus boisés, roule ses eaux poissonneuses. — On entrait en octobre; des brumes légères flottaient encore dans les fonds; l'air sonore et frais résonnait des claquements de fouet et des bruits de roues de la voiture où l'oncle César, Françoise et Prosper Baduel étaient restés avec les provisions.

— Je viens aux Grangettes depuis ma petite enfance, poursuivait Claudia; il n'y a pas un arbre, pas une plaque de mousse sur les murs, qui soient changés depuis ce temps-là... Nos *grangers*, le père et la mère Bouvard, n'ont pas changé non plus; ils ne me paraissent pas plus vieux aujourd'hui qu'il y a une quinzaine d'années... Ils se sont mariés à la ferme quand ils avaient vingt-cinq ans; ils en ont maintenant soixante-dix et ils s'aiment encore comme deux tourtereaux... C'est plaisir de les voir!

— Ce sera un double plaisir pour moi de les voir avec vous, répondit galamment le professeur.

Claudia rougissait sous son chapeau de paille et marchait en baissant la tête, comme pour dissimuler le contentement que lui causait cette réponse. Les mots pris en eux-mêmes n'avaient que la valeur d'un compliment assez banal; mais l'accent pénétré de Maurice, en les prononçant, leur donnait une saveur plus rare. Maurice lui-même

goûtait avec délectation la chance de ce tête-à-
tête matinal. Il regardait à la dérobée les yeux
bruns de Claudia dans la pénombre du chapeau
de paille, ses virginales lèvres rouges, la natte
d'un blond roux qui lui frôlait les épaules et à
l'extrémité de laquelle des cheveux follets brillaient comme de l'or sous le ruban vert qui les
nouait. Il trouvait la matinée suavement belle, le
ciel clair, l'air limpide et mélodieux. L'attrait qui
l'avait entraîné dans le cercle intime de la maison
Dumoulin était devenu depuis trois mois de plus
en plus vif et l'avait décidé à passer à Annecy
tout le temps des vacances, afin de se mêler plus
familièrement encore à la compagnie des deux
sœurs. Cette matinée dans le sentier de Dingy
lui semblait à elle seule compenser largement le
léger sacrifice de ses deux mois de liberté.

A un coude de la sente caillouteuse, ils se trouvèrent devant les Grangettes. La maison d'habitation était une vieille bâtisse savoyarde, aux
toits bas, aux murs ventrus sur lesquels deux
énormes noyers versaient leurs branches feuillues.
Une cour herbeuse séparait cette antique demeure
des bâtiments du *granger* et du verger en pente,
s'inclinant dans la direction du Fier. On entrait
de plain-pied dans la cuisine obscure, qui servait
de salle à manger et qui, avec un salon modestement meublé et une chambre à coucher orientée

au midi, composait toute la partie habitable. — Sur le seuil, ils furent accueillis par un petit vieillard maigre et alerte, à la face scrupuleusement rasée, aux lèvres rentrées et aux yeux riants.

— Bien le bonjour, mam'selle Claudia, s'écria-t-il; vous voilà arrivée la première!... Je suis content de vous voir en santé... Je vous salue bien aussi, monsieur... Entrez donc! la Josette est allée au village vous quérir des œufs frais et de la crème, mais elle va revenir *d'abord*. Entrez et mettez-vous à l'aise.. M. César est avec vous, n'est-ce pas?

— Oui, père Bouvard, répondit Claudia, il vient dans le *char* avec Françoise.

— A la bonne heure!... Entrez seulement dans la chambre à lit, vous y serez mieux que dans la salle qui est quasiment fraîche comme une cave!...

Toujours les regardant curieusement, le bonhomme les avait introduits dans la chambre à coucher, très égayée de soleil, et dont la fenêtre enguirlandée de vigne donnait sur la vallée du Fier. — Au sortir de l'obscurité de la cuisine, les yeux étaient éblouis par le lumineux tableau qu'on apercevait dans le cadre de cette baie large ouverte. — L'exubérante verdure des prés et des vergers, le bouillonnement de l'eau, l'abondance

des fleurs automnales, l'élancement des lointains
sommets neigeux, formaient une claire sympho-
nie de couleurs, à la fois surexcitante et paci-
fique.

Claudia s'était décoiffée, et debout devant la
glace ternie de la cheminée, elle lissait ses cheveux ébouriffés par le frôlement du chapeau de
paille.

— Hé! hé! s'exclamait le vieillard en clignant
ses yeux riants, vous voilà fraîche comme un
œillet de la Saint-Jean... Quel âge avez-vous,
mam'selle Claudia ?

— Vingt ans passés, père Bouvard.

— C'est la belle saison pour se marier... Hé!
hé! je me suis laissé dire qu'il en est grandement
question... Excusez-moi, si je me mêle de ce qui
ne me regarde pas, mais ce gentil monsieur que
voici est peut-être bien le jeune homme dont on
parle pour vous et que M. César vous gardait en
réserve ?... Ma fi, votre oncle a eu la main heureuse et vous ferez une belle paire ensemble !

Claudia avait un pouce de rouge sur la figure
et n'osait plus regarder Maurice Tournyer, qui,
de son côté, surpris de l'indiscrète insinuation du
granger, se mordait les lèvres et perdait un peu
contenance.

Les voyant tous deux interloqués, le vieillard
continua en s'adressant à la jeune fille :

— Voyons, il n'y a pas d'offense... C'est tout
naturel de songer au mariage quand on est en
jeunesse et en santé... Allez, allez, il n'y a encore
rien de meilleur que de s'épouser quand les cœurs
sont d'accord, et de s'aimer longtemps une fois
qu'on s'est marié... Moi qui vous parle, j'ai pris
la Josette à vingt-cinq ans; il y en a quarante-
cinq que nous sommes ensemble, et nous nous
aimons comme au temps où les cloches sonnaient
pour notre messe de mariage... Il n'y a de dommage que si on s'épouse à contre-cœur; mais si
on s'entend bien, c'est tout miel et tout sucre...
Hé! hé!...

A ce moment, le roulement d'une voiture résonna sur le chemin pierreux.

— Voici mon oncle! s'écria Claudia. — Et
tous deux, saisissant cette occasion de se soustraire à l'embarrassant bavardage du granger, se
précipitèrent dehors.

Le *char*, cet antique véhicule savoyard où l'on
s'assied dos à dos, les jambes pendant de chaque
côté des roues, venait d'entrer dans la cour, et
l'oncle César aidait Françoise et Prosper à trans-
porter les provisions. Maurice profita du remue-
ménage et du va-et-vient occasionnés par l'orga-
nisation du déjeuner pour s'esquiver du côté du
verger. Il désirait ruminer solitairement la déce-
vante révélation qui venait de tomber des lèvres

loquaces du père Bouvard. — Claudia était-elle
donc véritablement déjà fiancée, ainsi que l'avait
insinué le granger ? Et, dans ce cas, quel pouvait
être ce fiancé mystérieux, tenu en réserve par
l'oncle Dumoulin, sinon Prosper Baduel, le seul
homme admis depuis longtemps dans l'intimité
de la famille Tavan ?... Maurice se reprochait de
n'y avoir pas songé plus tôt; en même temps il
s'avouait avec un secret dépit qu'une pareille
idée ne lui serait jamais venue, tellement il y
avait de disproportion entre cette jolie fille à la
nature délicatement affinée, et ce lourd garçon,
mal dégrossi, présentant le type achevé du cour-
taud de boutique... Et cependant la chose était
très possible. Ce mariage unissant l'aînée des
demoiselles Tavan et le premier commis du *Fil
de la Vierge,* très initié aux affaires de la maison,
très expert dans la partie, avait dû sourire à
Mme Tavan et à l'oncle César, — deux esprits
positifs, préoccupés avant tout de la prospérité de
leur commerce. — Souriait-il également à Claudia? — « Qui sait? pensait le professeur; il y
a tant de complexité et de contradiction dans ces
cœurs obscurs de jeunes filles!... » Il se sentait
maintenant désorienté et perplexe. Depuis quelque temps, une tendre préférence l'entraînait
vers Claudia. Il lui semblait découvrir entre la
jeune fille et lui de secrètes sympathies; il s'était

bercé de l'illusion qu'elle-même n'était pas indifférente à ses attentions, et il lui en coûtait de renoncer à une espérance qui flattait à la fois son cœur et son ambition...

Il fut tiré de sa songerie par les voix des deux sœurs qui venaient de faire irruption dans le verger.

— Eh bien, monsieur le paresseux! s'écria Françoise, n'avez-vous pas honte d'être seul à flâner quand tout le monde est occupé?

Elle tirait après elle une échelle, tandis que Claudia portait une corbeille d'osier.

— Venez, continua la cadette en l'emmenant vers la treille qui tapissait toute la façade de la maison, vous n'êtes pas ici pour vous amuser... Vous allez grimper sur cette échelle afin de cueillir notre dessert. Voici des ciseaux, et maintenant à la besogne!

Maurice s'exécutait en souriant; après avoir appliqué l'échelle contre le treillage, il escaladait lentement les échelons et sa tête nue s'enfonçait à demi dans les pampres, dont les feuilles fraîches lui frôlaient doucement les joues. Il cueillit une longue grappe de *douce-noire* et se retourna. Au pied de l'échelle, foulant insoucieusement des touffes de résédas qui embaumaient, les deux sœurs, tête nue et bras tendus, soulevaient la corbeille d'osier. Dans des jeux d'ombre et de soleil, la blancheur de leurs bras découverts jusqu'au coude paraissait plus laiteuse. Leurs robes claires au col largement rabattu laissaient voir l'attache du cou et un peu de la naissance de la gorge. C'était un spectacle d'un charme imprévu et troublant, que le voisinage de ces deux jeunes têtes si différentes de ligne et d'expression. Dans l'animation de la cueillette, la physionomie irrégulière de Françoise s'embellissait d'un soudain rayonnement. Sa lèvre duvetée et moite d'une légère transpiration, avait le velouté pulpeux d'une pêche; sa bouche entr'ouverte montrait de petites dents d'un blanc mouillé; dans ses yeux provocants d'un bleu assombri, nageait un magnétique fluide. — L'ovale aminci et fin du visage de Claudia avait une beauté plus pure et plus virginale, mais non moins séduisante. Le sourire contenu de ses lèvres rouges, la matité à peine rosée de sa joue marquée d'un signe noir, les longs cils assourdissant la flamme de ses yeux bruns, la blancheur lisse de son front couronné d'une auréole de cheveux d'or fauve, lui donnaient une grâce printanière. — Tout en fourrageant parmi les pampres, Maurice, dont les yeux ravis allaient de cette tête brune à cette tête blonde, les comparait involontairement aux grappes noires ou ambrées qu'il détachait de la treille, et il ne savait à laquelle accorder la préférence.

Légères, souples, se haussant sur la pointe des pieds, elles tendaient vers lui leurs mains impatientes et se disputaient chaque grappe avec d'enfantins éclats de rire. Le jeune homme, ému par ces regards lumineux et caressants, troublé par ces bras nus qui frôlaient ses doigts, était parfois si distrait que les raisins glissaient entre ses mains maladroites et allaient s'égrener à terre.

Comme les grains semés sur le sol, ses pensées moroses de tout à l'heure s'étaient désagrégées et se perdaient diffuses dans une langueur grisante. Il ne songeait plus qu'à déguster les fugaces sensations de plaisir qui montaient vers lui pareilles aux bulles dorées d'une liqueur capiteuse. Il jouissait voluptueusement du contraste de ces deux beautés si diversement captivantes. Son admiration et ses désirs s'envolaient tantôt vers les yeux brûlants de Françoise, tantôt vers les chastes yeux voilés et les lèvres pures de Claudia. Une atmosphère amoureuse l'enveloppait sans que la tendresse dont il était enivré se localisât dans une inclination distincte pour l'une ou l'autre sœur. Leur double jeunesse, leurs grâces jumelles se confondaient à ses yeux jusqu'à déterminer un douteux et dangereux trouble du cœur, qui le poussait à les adorer toutes deux en même temps. — Et les rires sonores continuaient, mêlés à de sourds bourdonnements d'abeilles dans les raisins mûrs; l'odeur des résédas foulés aux pieds s'exhalait plus embaumante, entretenant et accroissant encore dans le cerveau de Maurice cette griserie périlleuse qui l'étourdissait.

— Le panier est plein! remarqua tout à coup la sœur aînée.

— Descendez, monsieur Maurice, ajouta Françoise, et venez nous aider à mettre le couvert.

Il secoua la tête, resta un moment ébloui sur son échelle, puis descendit en trébuchant, comme un homme mal réveillé.

Ils regagnèrent la cuisine ombreuse où la mère Bouvard, de retour aux Grangettes, tenait sur un feu clair de sarments une poêle toute grésillante. Prosper Baduel, les reins ceints d'un ample tablier bleu, battait gravement des œufs dans un saladier à côtes, et cet accoutrement faisait mieux ressortir encore sa massive et vulgaire encolure. En entrant, les deux sœurs le saluèrent d'espiègles éclats de rire. Mais lui, sans sourciller, continuait à fouetter la mousse dorée avec la même méthodique attention. Dans le salon, dont la fenêtre ouverte était voilée au dehors par l'épaisse frondaison d'un figuier, l'oncle César, aidé du granger, disposait sur le buffet les bouteilles de vin blanc qu'il venait de quérir en cave. — En un clin d'œil, la nappe de grosse toile fut dressée, et les couverts disposés symétriquement.

— A table! s'exclama d'une voix joviale Prosper Baduel, la face enluminée, précédant Josette Bouvard, qui portait sur un plat long l'omelette aux cèpes, ventrue et odorante.

Le déjeuner fut très gai. L'oncle César et Prosper, tous deux supérieurement endentés, y firent royalement honneur. Françoise, elle aussi, mangeait avec son robuste appétit de dix-huit ans. Claudia et Maurice seuls touchaient plus discrètement à chaque plat. La sœur aînée, les yeux baissés, souriait vaguement aux grosses plaisanteries de Baduel et semblait occupée à renouer intérieurement le fil de ses ressouvenirs. Le professeur, dont l'ivresse gagnée parmi les pampres de la treille paraissait s'être dissipée dans l'obscure fraîcheur de la salle basse, s'étonnait maintenant d'avoir pu se laisser éblouir par la beauté du diable, — provocante, mais un peu garçonnière, de Françoise. — Ses yeux se reposaient sur les lignes si pures du visage de Claudia et il était presque honteux d'avoir osé mettre en balance la grâce chaste de l'aînée avec le charme tout sensuel qui émanait de la personne de la cadette. En même temps, le souvenir des félicitations indiscrètes du père Bouvard lui revenait avec une subite acuité. Un regret mélancolique lui serrait le cœur à l'idée que Claudia deviendrait peut-être la femme de Baduel. Il la trouvait plus

poétiquement attirante, maintenant qu'il la soupçonnait d'être promise à Prosper, et son penchant
pour la délicate beauté de la sœur aînée était
encore accru par ce dépit si humain, qui nous
entraîne à désirer ce que nous ne pouvons posséder.

Claudia avait remarqué la rêverie taciturne de
Maurice Tournyer. Elle en chercha les motifs et
n'en trouva point d'autre que les insinuations
ambiguës du vieux Bouvard. — Si les allusions
du granger à un projet de mariage médité par
l'oncle César avaient pu rendre M. Tournyer
songeur à ce point, c'était donc qu'il pensait à
elle pour son propre compte?... A cette idée
qu'elle pouvait être aimée de Maurice, Claudia
frissonnait intérieurement; une rapide rougeur
colorait ses joues et une joie sourde coulait doucement dans son cœur. En même temps un sentiment de dignité et de fierté l'excitait à dissiper
l'équivoque qui semblait attrister le professeur.
Elle ne voulait point qu'il pût s'imaginer plus
longtemps qu'elle était complice des projets
prêtés à son oncle et elle se promettait de profiter
d'une occasion propice pour faire comprendre à
M. Tournyer qu'elle était libre de tout engagement.

Terminé par de copieuses rasades d'asti mous-
seux, le déjeuner se prolongea fort avant dans

l'après-midi. Quand on se leva de table, quatre heures sonnaient et le soleil descendait déjà vers la montagne de Veyrier. L'oncle César voulut employer le temps qui lui restait à visiter, en compagnie de Bouvard et de Baduel, des noyers qu'il se proposait de faire abattre. Françoise, qui avait l'esprit pratique, appela Josette Bouvard et s'occupa de remplir les paniers vides avec des tomates et des figues cueillies dans le potager. Maurice et Claudia, abandonnés à eux-mêmes, longèrent côte à côte les allées herbeuses du verger, et vinrent s'asseoir au bord d'une terrasse qui dominait la pente de la vallée.

Déjà, à l'approche du crépuscule, le fond de la gorge s'embrunissait, tandis que les sommets se coloraient de chaudes teintes safranées. De la vallée assoupie le frais bouillonnement du Fier montait vers Dingy et semblait un accompagnement à souhait pour d'intimes confidences échangées à mi-voix. Maurice et Claudia avaient tous deux le sentiment confus de cette complicité de la nature qui invitait les cœurs à s'ouvrir. Pourtant ni l'un ni l'autre n'osaient rompre le silence.

— Vous paraissez préoccupé, monsieur Tournyer, demanda brusquement Claudia ; à quoi pensez-vous ?

— Tenez-vous à le savoir, mademoiselle ? répondit Maurice ; je pensais à la singulière illusion de ce vieux granger qui m'a pris pour votre fiancé.

— Oh! murmura-t-elle, c'est une des lubies du père Bouvard... Sous prétexte qu'il est très heureux en ménage, il ne songe qu'à marier son prochain... Il ne faut pas vous en formaliser.

— Je ne m'en formalise nullement: sa méprise était trop flatteuse pour moi... Je regrette seulement qu'il m'ait confondu avec un autre.

— Un autre?... Vous attachez trop d'importance aux bavardages de ce pauvre homme.

— Pourquoi n'y en aurait-il pas un autre? dit-il tristement; vous êtes d'âge à songer à vous marier..., et, en tout cas, vos parents peuvent y avoir songé pour vous.

— Je ne le crois pas, répliqua-t-elle gravement; je puis vous assurer que je ne suis engagée à personne..., et que je ne reconnais à personne le droit de disposer de moi sans mon consentement.

La physionomie de Maurice s'éclaira. Il releva la tête, regarda un moment la jeune fille, la trouva plus belle encore dans la lumière calme du jour tombant, — et tout à coup enhardi:

— Mademoiselle Claudia, commença-t-il, ce que vous venez de me dire m'encourage à vous parler ouvertement... On peut ne pas être engagé formellement et cependant n'être plus maître de son cœur... Le vôtre est-il encore libre?

— Mais..., répondit-elle en affectant de plaisanter pour déguiser son émotion, je le suppose.

— Eh bien! depuis... depuis le soir où je vous ai rencontrée au Parmelan, mon cœur, à moi, ne m'appartient plus. Il est tout entier à vous... Je vous aime!

— Oh! mon Dieu!... balbutia-t-elle en baissant la tête pour qu'il ne vît pas la joie tendre qui illuminait ses yeux.

— Je vous aime, répéta-t-il d'une voix plus assourdie, et j'ai fait un rêve..., ce serait d'être aimé de vous et, si vous y consentiez, de vous consacrer toute ma vie... C'est très vrai, ce que disait le bonhomme Bouvard : « il n'y a encore rien de meilleur que de s'épouser quand les cœurs sont d'accord, et... » Voilà quel était mon rêve... Croyez-vous qu'il puisse se réaliser?

— Je... je ne sais, soupira-t-elle; cela ne dépend pas de moi... seule.

— Mais il y a une chose qui dépend de vous, insista-t-il avec une tendresse communicative, c'est le don de votre cœur... Vous ne répondez pas?... Vous détournez la tête?...

— Pourquoi me forcer de parler! murmura-t-elle sans le regarder; ces choses-là ne se disent pas, elles... se devinent.

Il lui saisit le bras :

— Eh bien! ai-je deviné juste?... Vous m'aimez un peu et vous me permettez de vous aimer?

La jeune fille inclina la tête sans répondre.

— Ah! Claudia, s'écria-t-il en la forçant à le regarder; maintenant je me sens de taille à vaincre toutes les résistances... et à vous donner tout le bonheur que vous méritez!... Nous vivrons heureux et, ainsi que les deux vieux des Grangettes, nous nous aimerons encore à soixante-dix ans comme au premier jour!

Leurs regards s'étaient enfin rencontrés et silencieusement se fondaient l'un dans l'autre.

— C'est bien sérieux, n'est-ce pas? demanda-t-elle d'une voix grave et tremblante à la fois; — vous ne vous trompez pas en croyant m'aimer autant que vous le dites?

— Claudia, pouvez-vous douter de mes paroles?

— C'est que, si, plus tard, vous vous apercevez que vous vous êtes trompé, je serais trop malheureuse.

— Je vous aime, chère enfant, et ma vie vous appartient!

— Eh bien! reprit-elle d'un ton plus affermi, voici ma main..., et tant que vous m'aimerez, personne ne pourra l'ôter de la vôtre.

Le bouillonnement du Fier montait toujours plus limpide et plus berceur, tandis que les pre-

mières étoiles perlaient dans le ciel; — et en face
de ce solennel silence du soir, ils restaient absorbés et comme étourdis par la vivacité de leurs
sensations.

Tout à coup, dans la paix du verger déjà
assombri, un appel impatient les fit tressaillir:
— « Claudia! Claudia! » — C'était la voix de
l'oncle César, et, comme ils se levaient précipitamment, ils l'aperçurent qui accourait essoufflé.
En retrouvant les deux jeunes gens, tête-à-tête,
dans la partie la plus solitaire du verger, M. Dumoulin parut désagréablement surpris. Peut-être
avait-il, lui aussi, reçu les intempestives félicitations du père Bouvard, et peut-être l'innocent
bavardage du granger lui avait-il mis la puce à
l'oreille?... Il fronçait les sourcils et dévisageait le
jeune couple avec des airs soupçonneux.

— Ah çà! dit-il d'un ton de mauvaise humeur,
vous êtes donc sourds?... Le cheval est attelé, et
on n'attend plus que vous!

Il saisit vivement le bras de sa nièce et se dirigea vers la cour, où le père et la mère Bouvard
hissaient les paniers de fruits et de légumes
à l'arrière du char. César Dumoulin avait fait
monter Claudia auprès de lui, sur le siège de
devant, afin de l'isoler complètement de Maurice Tournyer; le professeur resta en compagnie
de Baduel sur l'une des banquettes transversales,

dos à dos avec Françoise qui occupait la banquette opposée.

Accompagné par les adieux prolixes des deux grangers, le char s'éloigna en cahotant sur le chemin caillouteux, et l'on gagna silencieusement la route qui côtoie le Fier. L'oncle César fouettait le cheval sans desserrer les dents. Il repensait au tête-à-tête des deux jeunes gens au fond du verger des Grangettes et s'accusait d'imprudence. — Loin de se plaindre du mutisme de son oncle, Claudia lui savait gré de ne point parler. Enveloppée frileusement dans un châle de laine, elle écoutait la grondeuse voix du torrent qui bouillonnait entre les roches du pont Saint-Clair, elle regardait les étoiles qui scintillaient plus vives entre les deux lignes sombres des montagnes brusquement rapprochées, et elle se répétait comme une délicieuse musique les moindres paroles de Maurice Tournyer. — Elle était aimée, et aimée du seul homme qu'elle eût sérieusement remarqué, du seul dont la tendresse lui parût désirable !... Ne devait-elle pas s'estimer heureuse et privilégiée entre toutes les jeunes filles ?... Depuis sa sortie du Sacré-Cœur, elle avait toujours envisagé le mariage avec une secrète appréhension. Sérieuse et réfléchie avant l'âge, il lui répugnait d'imiter quelques-unes de ses compagnes et de conclure un mariage comme on bâcle une affaire. Plutôt que d'épouser un homme qui ne lui plairait pas, elle eût préféré rester fille et même au besoin retourner dans son couvent. Aussi remerciait-elle naïvement le ciel qui lui avait fait rencontrer Maurice Tournyer, et qui avait permis que l'affection du professeur répondît à la sienne. Elle considérait l'engagement qu'elle venait de prendre sous les pommiers des Grangettes comme aussi sacré et aussi solennel que s'il eût eu lieu à l'église, devant un prêtre. Maintenant qu'elle était liée à Maurice pour la vie, il lui semblait qu'elle n'avait plus rien à désirer sur la terre.

Ces pensées à la fois graves et joyeuses l'accompagnèrent jusque devant la porte du *Fil de la Vierge*, où l'on descendit de voiture et où Maurice prit congé de ses compagnons de route.

Vers dix heures, quand les jeunes filles furent remontées dans leur chambre, Françoise dit à Claudia d'un air pincé :

— Ma chère, je dois t'avertir que l'oncle César était de fort méchante humeur en quittant Dingy, et qu'il m'a grondée de t'avoir laissée seule avec M. Tournyer.

— Quel mal y voit-il? répliqua sèchement Claudia, piquée du ton de sa cadette.

Néanmoins elle ne put s'empêcher de rougir, et son émotion n'échappa point à Françoise qui la dévisageait.

— Quel mal?... Belle demande!... Il a peur que M. Maurice ne te fasse la cour... ou que toi-même tu ne te montes la tête.

— Et quand cela serait? murmura-t-elle.

— Comment, quand cela serait?... — Les traits de Françoise s'allongèrent. — Oh! conti-nua-t-elle avec une pointe d'ironie, quel air de triomphe! Voyons, est-ce que, vraiment?...

— Oui, petite sœur, répondit Claudia en lui prenant les mains, il m'aime.

— Il te l'a dit?

— Ce soir, dans le verger... Et je suis heureuse, bien heureuse!... parce que, moi aussi, je l'aime.

Françoise restait muette; elle était devenue très pâle et paraissait désappointée.

— Eh bien! reprit Claudia, tu ne m'embrasses pas?... Est-ce que cela te fait de la peine?

Françoise détourna la tête et haussa les épaules :

— A moi?... Par exemple!... Non, Claudia, je ne serai jamais jalouse de toi... Seulement je ne croyais pas... Enfin, soupira-t-elle en dénattant ses cheveux, je te souhaite bonne chance... Mais je crains bien que l'oncle César n'ait d'autres idées et que les choses ne marchent pas au gré de tout le monde !

VI

E lendemain du voyage aux Grangettes, quand, après souper, Prosper Baduel redescendit au magasin pour s'assurer que tout était en ordre, l'oncle César l'y suivit. Ils se trouvaient seuls dans la longue pièce uniquement éclairée par la lanterne que le commis promenait de rayons en rayons afin de constater si rien ne traînait; si les pièces de toile, dûment repliées, étaient replacées dans leurs casiers respectifs. Tandis que Baduel procédait minutieusement à son inspection, César Dumoulin gagnait à tâtons la loge vitrée contenant la caisse et les livres, frottait une allumette et enflammait le bec de gaz posé au-dessus des pupitres.

— Prosper, cria-t-il à son premier commis,

quand tu auras fini ta ronde, viens un peu ici, j'ai à te parler.

— Voilà, patron! répondit quelques minutes après le ponctuel Prosper, en passant sa large face moustachue à travers l'étroite ouverture du vitrage. — Le ton solennel de l'oncle César l'avait intrigué et ses gros yeux bovins exprimaient une curiosité un peu inquiète. — Qu'y a-t-il pour votre service?

— Assieds-toi là, dit M. Dumoulin en lui faisant place sur la banquette de moleskine, et écoute-moi...

L'oncle César se moucha bruyamment et reprit :

— Baduel, mon garçon, j'ai eu cinquante-cinq ans au mois d'août; il me reste donc à peu près cinq années pour m'occuper des affaires de la maison, après quoi je ne serai plus bon qu'à mettre au rancart...

Et comme Prosper croyait bienséant d'ébaucher un geste de dénégation :

— Au rancart! répéta Dumoulin d'un ton qui n'admettait pas de réplique, je ne m'illusionne pas; je sens que je ne suis déjà plus dans le mouvement; pourtant, si je me retire un de ces jours, je n'entends pas que le *Fil de la Vierge* tombe en quenouille. Ma sœur, il est vrai, est une femme de tête; mais elle ne peut compter sur ses filles...

Elle les a élevées en princesses et elles ne sauraient pas distinguer une cotonnade de Rouen d'une toile de Mulhouse... D'ailleurs, pour qu'une maison ne périclite pas, il faut qu'on y sente le coup d'œil et la poigne d'un homme..., d'un homme jeune, actif et connaissant la clientèle... Tu me comprends, hein, et tu vois où je veux en venir?

— Pas tout à fait, patron, répondit Prosper en écarquillant les yeux.

— Tu as la *comprenaison* bien lente, ce soir!... Tu es un homme, tu es jeune, tu es au courant des affaires; c'est pourquoi j'ai songé à t'intéresser dans la maison et à te prendre pour associé... Est-ce clair, maintenant?

— Oh! patron, s'écria Prosper dont la figure s'épanouit et les yeux se mouillèrent, comment pourrai-je jamais reconnaître toutes vos bontés?... Moi, associé au *Fil de la Vierge!*... Jamais je n'aurais osé rêver ça!

— C'est un tort; on doit toujours oser dans la vie... Eh bien, oui, tu seras notre associé... *Dumoulin, Baduel et C*ie, ça ne fera pas mal sur les en-tête de lettres... Mais, attends, je n'ai pas fini... J'ai donc parlé de mon projet à Mme Tavan, ma sœur; elle m'a donné son approbation; seulement, elle est d'avis qu'il ne faut pas faire les choses à moitié... Elle a cru remarquer, — les

femmes ont l'œil plus fin que nous, — ma sœur,
dis-je, soupçonne que tu as un tendre pour sa fille
aînée... Est-ce vrai ?

— Pardon, murmura Baduel qui devint cra-
moisi, c'est l'exacte vérité... Mais je n'en reviens
pas que Mme Tavan ait pu deviner un sentiment
que je tenais si bien caché, car je connaissais trop
la distance qu'il y a entre Mlle Claudia et moi...
Je puis vous jurer que malgré tout ce que j'avais
dans le cœur, j'ai toujours gardé près d'elle une
respectueuse retenue,... et que jamais je ne lui ai
dit le moindre mot...

— Encore un de tes torts !... Faute de parler,
on meurt sans confession... Comment veux-tu
que Claudia réponde à tes sentiments, si tu ne
les manifestes pas ? Elle ne peut décemment pas
venir elle-même t'offrir sa main... Et si tu
l'aimes...

— Oh ! profondément, monsieur César..., et
ce n'est pas d'aujourd'hui ! Ça date du jour où
elle est revenue du couvent... J'arrivais de Saint-
Étienne où j'étais allé pour régler l'affaire des
rubans... Vous vous rappelez ?... Quand je suis
entré dans la salle à manger et que j'ai vu
Mlle Claudia debout devant la table, avec sa jolie
figure sérieuse et ses cheveux dorés, j'ai été pris
tout de suite ; et, depuis ce temps-là, ça n'a fait
que grossir !... Dès que je pense à elle, je me

sens un frisson par tout le corps, et quand elle me regarde, je perds mon aplomb.

— Tout ça est bel et bon, interrompit l'oncle César; mais ce n'est pas à moi, c'est à elle qu'il faudrait défiler ton chapelet de douceurs... J'ai parlé de nos projets à sa mère, et nous nous sommes mis d'accord sur l'avantage qu'il y aurait à ce que notre associé fût en même temps le mari d'une des filles de la maison... Claudia, je le crois, est trop obéissante et trop sensée pour contrecarrer nos désirs... Mais enfin elle a sa tête, elle aussi, et il est de toute nécessité que tu fasses ta demande toi-même.

— Moi, monsieur César? Il me semble que je ne pourrai jamais.

— Il le faut, sacrebleu!... Es-tu amoureux ou ne l'es-tu pas?... Mme Tavan veut que son associé devienne son gendre, et elle a raison... Sans quoi, point d'affaires!... Il faut que tu parles à Claudia, et le plus tôt sera le mieux... Tu entends?

— Oui, monsieur César... Seulement, j'ai peur qu'une fois devant elle, les paroles me restent au fond du gosier... Quand je pense que le bonheur de ma vie va dépendre de cet entretien, ça suffit pour me mettre là-dedans une diablesse de peur qui me paralyse!

— Poule mouillée!... murmura d'un ton plus affectueux l'oncle César.

Lui, non plus, n'avait jamais su parler aux femmes, et c'était la raison pour laquelle il avait vieilli célibataire. Il reconnut dans cette gauche timidité de son commis une émotion qu'il avait jadis éprouvée, et cela éveilla en lui un sympathique mouvement de compassion.

— Du courage! reprit-il, songe qu'en te taisant trop longtemps, tu t'exposes à te faire couper l'herbe sous le pied par quelque amoureux plus entreprenant... Hardi donc, et pousse vivement ta pointe!... Demain, après-midi, j'emmènerai Françoise aux Barattes, sous prétexte d'y faire visite à sa marraine; dès que Mme Tavan sera au magasin, tu remonteras à l'appartement, tu trouveras Claudia seule dans la salle à manger et tu t'expliqueras carrément... Est-ce compris?

— Oui, monsieur César!

— Bon... Maintenant allons nous coucher, et tâche de bien dormir afin d'avoir demain ta mine des dimanches!...

En dépit des recommandations de M. Dumoulin, Prosper ne put fermer l'œil. Les horizons que venait de lui faire entrevoir l'oncle César étaient trop merveilleux, trop inespérés, pour que les confidences de son patron ne jetassent pas son esprit dans une agitation inconciliable avec le sommeil. — Fils d'un vigneron du Chablais, et n'ayant reçu qu'une instruction élémentaire qui

l'avait à peine dégrossi, Prosper Baduel était
arrivé néanmoins, à force de volonté, de travail et
de patience, à acquérir toutes les connaissances
qui constituent un bon commerçant; mais il ne
s'en faisait pas accroire et sentait qu'il ne possédait ni physiquement, ni intellectuellement, les
qualité brillantes qui peuvent séduire à première
vue une jeune fille élevée comme l'avait été
Claudia. Bien qu'il ne fût nullement romanesque,
il aimait depuis longtemps déjà l'aînée des
demoiselles Tavan; il admirait sa beauté, esti-
mait hautement son caractère loyal et sérieux,
mais il la trouvait tellement supérieure à lui, que
jamais il n'avait osé lui marquer son amour autrement que par une sorte de culte attentif et silencieux. Il était très épris, sans que pourtant cette
adoration lui ôtât sa clairvoyance et sa réflexion.
Après le premier éblouissement passé, il se mit à
balancer dans son esprit méthodique les difficultés
d'exécution et les chances de réussite. — Encore
que Claudia fût facilement abordable et qu'elle
l'eût toujours traité avec une cordiale affabilité, le
pauvre Prosper se sentait tout transi et mal à
l'aise, rien qu'à la pensée d'une entrevue solen-
nelle. Il n'était pas éloquent d'ordinaire; mais ce
serait bien pis, quand il lui faudrait adresser une
déclaration en règle à une jeune fille. Tout en se
tournant et se retournant dans son lit, il assem-

blait péniblement ses phrases, préparait son entrée en matière et ne trouvait rien qui fût digne d'être dit. Il craignait d'être maladroit ou ridicule, et cette crainte seule paralysait son cerveau. Que deviendrait-il si Claudia lui répondait par un refus ? Cela rendrait sa position tellement délicate qu'il serait peut-être obligé de quitter le *Fil de la Vierge* ? La perspective d'un pareil dénoûment lui redonna une sorte de courage désespéré : — « M. César a raison, pensa-t-il; qui ne hasarde rien n'a rien, et si je reste sans parler, ce n'est pas le moyen d'avancer mes affaires! » Au petit jour, il avait pris sérieusement la résolution de dompter sa pusillanimité et de mettre tout son cœur à convaincre cette jeune fille qui tenait son bonheur et son avenir dans ses mains.

Lorsqu'il entra dans la salle à manger, pour le repas de midi, sa pâleur, son air préoccupé et sa toilette plus soignée qu'à l'ordinaire frappèrent Françoise et l'oncle César. Claudia, absorbée encore par le souvenir de la soirée des Grangettes, et n'ayant devant les yeux que l'image de Maurice, fut la seule qui ne s'aperçut de rien. Au dessert, M. Dumoulin, pour réconforter Baduel, lui envoya un solide coup de genou sous la table; puis il se leva et les choses se passèrent ainsi que le patron du *Fil de la Vierge* l'avait annoncé la veille à son premier commis. Françoise alla mettre son chapeau et sortit avec son oncle; Mme Tavan descendit au magasin accompagnée de Prosper, mais celui-ci, au bout d'une demi-heure, gravit de nouveau l'escalier intérieur qui communiquait avec l'appartement, et alla, le cœur battant, frapper à la porte de la salle.

Le couvert avait été enlevé, et les croisées, ouvertes, pour renouveler l'air; Claudia, après avoir poussé sa table à ouvrage dans l'embrasure de l'une des fenêtres, venait de s'asseoir. Elle avait déroulé une bande de tapisserie; mais l'aiguille restait piquée dans le canevas, et la jeune fille, les mains posées à plat sur les genoux, les yeux fixés sur les croupes boisées du Crêt-du-Maure, demeurait oisivement enfoncée dans une amoureuse rêverie.

Après avoir timidement entr'ouvert la porte, Prosper toussa, afin d'attirer à lui l'attention de Claudia, qui semblait ne pas l'avoir entendu frapper. Celle-ci crut que Baduel revenait chercher quelque objet oublié par Mme Tavan:

— Entrez, monsieur Prosper, murmura-t-elle avec un sourire distrait, entrez vite et fermez la porte à cause du courant d'air.

— Je ne vous dérange pas, mademoiselle? demanda-t-il en toussant de nouveau pour s'éclaircir la voix.

— Mais pas du tout... Maman vous a-t-elle chargé d'une commission pour moi?

— Non, mademoiselle; je suis venu de mon propre mouvement..., parce que je désirais causer un moment avec vous.

— Ah! fit-elle étonnée, de quoi s'agit-il?

— Il s'agit de choses qui vous intéressent personnellement, reprit-il en faisant un effort... Mon Dieu, c'est assez délicat à dire, et je vous prie, mademoiselle, de m'écouter avec beaucoup de patience.

— Je vous écoute, répondit-elle en se tournant vers lui avec une vivacité inquiète.

— Voici ce que c'est, continua-t-il en s'essuyant le front; hier soir, nous parlions, M. César et moi, de la prospérité de la maison... Il a bien voulu me confier qu'il était décidé à quitter les affaires dès qu'il aurait assuré l'établissement de ses nièces, et principalement le vôtre, mademoiselle.

— Le mien!

— Oui, vous êtes l'aînée, et M. César, avant de se retirer, désirerait vous voir mariée.

Après avoir souri d'abord, Claudia était devenue très grave; le tour que prenaient les confidences de Baduel commençait à l'alarmer. — Son oncle se doutait-il déjà de l'amour de Maurice Tournyer et avait-il chargé Baduel de la faire adroitement parler? Elle savait que le premier commis possédait toute la confiance de M. Dumoulin, et une pareille ruse, cousue de fil blanc,

était assez dans le caractère finassier du commerçant. Elle résolut donc d'user de diplomatie à son
tour, et, au lieu de s'effaroucher, elle feignit de
prendre la chose en plaisantant :

— Oh ! s'écria-t-elle, dans ce cas mon oncle
ne se retirera pas de sitôt, car les épouseurs ne se
pressent pas d'assiéger la maison du *Fil de la
Vierge !*... Je n'en ai pas encore rencontré dans
notre escalier.

— Croyez-vous, mademoiselle ? répliqua Prosper
en saisissant hardiment le taureau par les cornes ;
vous pourriez vous tromper... Pour ma part, ajouta-
t-il mystérieusement, j'en connais au moins un.

— Vous en connaissez un ? murmura-t-elle en
tressaillant.

— Oui, mademoiselle, un jeune homme qui
serait fier d'être choisi par vous, bien qu'il ne
vous vaille pas... Et je suis autorisé à vous dire
que, pas plus tard qu'hier, il a fait part de ses
désirs à M. Dumoulin.

— Hier !...

Dominée par son unique préoccupation, Claudia pensa aussitôt à Maurice Tournyer. C'était à
lui sans doute que le commis faisait mystérieusement allusion ? Maurice seul pouvait avoir eu
l'idée de tenter une démarche près de l'oncle
César. Après le double et solennel engagement
qui avait clos leur intime entretien aux Grangettes,

Maurice n'avait probablement pas voulu que leur amour gardât plus longtemps un caractère équivoque et clandestin. Rien d'étonnant à ce que, dès le lendemain, il fût allé trouver M. Dumoulin pour solliciter la permission de faire ouvertement sa cour. Cette conduite franche et droite augmentait encore la tendresse de la jeune fille pour celui qu'elle aimait. Sa physionomie sérieuse s'éclaira, et ce fut avec une voix devenue subitement caressante qu'elle continua d'interroger le commis?

— Et, dites-moi, monsieur Prosper, qu'a répondu mon oncle?

— Votre oncle, mademoiselle, n'a eu que des paroles encourageantes, et il a conseillé à ce jeune homme de vous présenter lui-même sa requête.

— Est-ce possible? s'écria Claudia avec une explosion de joie; et c'est hier que ces choses se sont passées?

— Oui, mademoiselle, balbutia Prosper dont le cœur battait violemment, hier soir.

— Mais, objecta la jeune fille en redevenant soudain pensive, comment mon oncle César ne m'en a-t-il rien dit ce matin?

— C'est que, reprit Baduel de plus en plus embarrassé,... c'est qu'il a voulu que vous ne soyez influencée par personne lorsque cette demande vous serait directement adressée... Il tient à ce que vous disposiez librement de votre main... Je n'ai pu, pour ma part, qu'approuver la sagesse de cette décision... J'ai donc obéi et je suis venu moi-même...

— Vous? murmura Claudia stupéfaite; et, se rembrunissant : — C'est vous, monsieur, qui êtes... cette personne?

— Oui, mademoiselle, poursuivit Baduel tout d'une traite, sans lever les yeux, c'est moi qui ose solliciter l'honneur de devenir votre mari... Je sais bien que c'est une grande hardiesse de ma part, mais j'ai l'assentiment de votre oncle; je vous aime depuis longtemps et, si vous avez la bonté de m'agréer, je m'efforcerai de vous donner tout le bonheur que vous méritez...

Il s'arrêta pour reprendre haleine et leva timidement les yeux pour chercher à deviner son sort dans le regard de Claudia. Il fut effrayé en constatant l'expression presque tragique de la physionomie de Mlle Tavan. Sa figure avait la pâleur et la rigidité du marbre, ses regards, ordinairement si caressants, étaient devenus noirs et durs; un pli têtu se creusait verticalement entre ses deux sourcils.

— Monsieur Baduel, répondit-elle d'une voix coupante et cruellement dédaigneuse, je vous remercie de cette communication, mais je suis désolée... Il m'est impossible d'accueillir votre demande.

— Oh! mademoiselle, implora Baduel, navré

du subit écroulement de ses espérances, je vous
en prie, ne soyez pas aussi prompte!... Je comprends que mes désirs vous semblent bien audacieux; mais ne prenez pas ainsi, en une minute,
une résolution qui peut me rendre à jamais malheureux... Je vous en reparlerai quand vous aurez
eu le temps de réfléchir,... dans quelques jours,...
dans une semaine, si vous voulez?...

— C'est inutile, repartit-elle impitoyablement,
mes réflexions sont faites...

Elle s'interrompit en voyant la figure consternée
de Prosper et en constatant que les gros yeux du
commis roulaient des larmes.

— N'insistez pas, continua-t-elle d'un ton plus
compatissant; — mon pauvre monsieur Baduel,
ne vous butez pas à un projet irréalisable... Ne
voyez aucune intention blessante dans mon refus
et excusez-moi...

Elle s'était levée. Il comprit qu'on lui donnait
son congé; et, sans pouvoir proférer un mot de
plus, il s'en alla très mortifié.

Lorsque à trois heures l'oncle César rentra au
magasin, il trouva Prosper planté derrière un
comptoir obscur, la figure congestionnée, les
yeux rouges et aunant machinalement un coupon
d'indienne pour la dixième fois.

— Prosper, chuchota-t-il, tu n'es pas à ton
affaire!...

Il l'entraîna dans un arrière-magasin où l'on préparait les emballages.

— Eh bien! reprit-il avec impatience, tu as vu Claudia, tu lui as parlé?

— Oui, patron.

— Et qu'a-t-elle répondu?

— Elle m'a refusé, avoua-t-il piteusement.

— Refusé? répéta M. Dumoulin en devenant écarlate.

— Net, patron!

Les yeux bleus de l'oncle César flambèrent.

— Ha! ha! grommela-t-il entre ses dents, et quelle raison t'a-t-elle donnée?

— Aucune, hélas!... elle ne veut pas de moi.

— C'est ce que nous verrons... Je lui laverai la tête!... Sois tranquille, elle reviendra sur cette réponse.

— Patron, s'écria Prosper, je vous en supplie,... ne violentez pas votre nièce!... Bien que je l'aime de toutes mes forces, je serais désolé qu'elle se mariât contre sa volonté!

— Il n'y a qu'une volonté ici, c'est la mienne! répliqua rageusement César;... tais-toi, ne fais pas l'âne!... Je me charge de la mater, et ce ne sera pas long!...

VII

EN refusant nettement d'accueillir la demande du protégé de son oncle, Claudia ne se dissimulait pas qu'elle s'exposait à de véhémentes récriminations de la part de César Dumoulin. Elle n'ignorait pas que le bonhomme, habitué à exiger de tout son personnel une obéissance passive, supportait mal d'être contrecarré; elle s'attendait à une scène de reproches et se préparait courageusement à tenir tête à l'orage, comptant bien du reste que sa mère garderait une neutralité bienveillante, et qu'après avoir donné un libre cours à sa mauvaise humeur, l'oncle César lui-même finirait par entendre raison. Malheureusement elle ne connaissait pas encore le tréfonds de ce caractère entêté et despotique. M. Dumoulin avait des colères fulminantes qui s'allumaient brusquement, jetaient beaucoup de flamme et beaucoup de bruit et ne duraient pas plus qu'un feu de paille; mais il en avait d'autres aussi qu'il savait contenir : — colères blanches, froides, rancunières, qui couvaient longtemps et devenaient cruelles. — Contrairement à ce que pensait Claudia, César n'éclata pas dès qu'il eut franchi le seuil de la salle à manger. Il entra silencieusement, s'assit le dos aux fenêtres et déplia sa serviette d'un air très digne. Prosper était absent; M. Dumoulin annonça, sans s'émouvoir, que le commis, retenu dehors, avait chargé son patron de l'excuser; puis il se versa à boire, avala d'un trait un grand verre d'eau rougie, et, sans adresser la parole à ses deux nièces, s'entretint tranquillement avec sa sœur de la perte d'une caisse de chapeaux de paille, égarée sans doute par suite de l'incurie des compagnies de chemins de fer.

Déconcertée par ce calme menaçant, Claudia commençait à s'effrayer. Elle tenait les yeux baissés sur son assiette, mangeait à peine et souhaitait que l'explosion eût lieu le plus tôt possible. Mais César Dumoulin ne semblait nullement pressé. Il achevait lentement son fromage de *Roblechon* et ne disait pas un mot plus haut que l'autre. Quand le dessert fut enlevé et la nappe

6

ôtée, il s'essuya les lèvres, se leva majestueusement, et s'adressant à la plus jeune de ses
nièces :

— Françoise, commanda-t-il d'un ton bref,
monte dans ta chambre,... j'ai à causer avec ta
sœur et ta mère.

— Voici le moment venu! pensa Claudia; et
son cœur battit avec violence, tandis que Françoise allumait son bougeoir et se retirait après
avoir jeté un circulaire regard de curieux étonnement sur son oncle, sa mère et sa sœur.

César, les mains dans ses poches, se promenait de long en large en faisant sonner les clefs
de sa caisse. Quand la porte se fut refermée et
que le bruit des pas de Françoise résonna au
second étage, il s'arrêta devant Claudia, et lui
lançant froidement un regard aigu :

— Maintenant à nous deux, murmura-t-il
entre ses dents; tu as reçu cette après-midi la
visite de Prosper?

— Oui, mon oncle, répondit-elle doucement.

— Veux-tu avoir la bonté de nous répéter ce
qu'il t'a dit?

— Il m'a demandé si je consentirais à l'épouser... Il m'a annoncé que vous l'aviez autorisé à
me faire cette demande.

— C'est la vérité; il aurait pu ajouter qu'il
avait également l'autorisation de ta mère.

— Est-ce vrai, maman ? s'exclama la jeune fille en hasardant un regard anxieux du côté de Mme Tavan.

— Oui, répondit cette dernière, Prosper Baduel est un employé précieux et un honnête homme... César désire qu'il devienne à la fois l'associé et l'enfant de la maison, et en cela mes vœux sont entièrement conformes à ceux de ton oncle.

— Augustine, reprit M. Dumoulin, en s'adressant à sa sœur, tu vas voir à présent comment ta fille défère à nos désirs !... Quelle réponse as-tu faite à Prosper ? demanda-t-il en se tournant vers Claudia.

— Celle que je vous aurais faite, mon oncle, si vous m'aviez consultée... Je l'ai remercié de sa démarche et lui ai dit que je n'avais pas l'intention de me marier... quant à présent.

— Tu as dit cela ?... s'écria Mme Tavan avec un commencement d'irritation.

— Oui, maman.

— Voilà ce que j'appelle une raison du premier numéro ! ricana César en haussant les épaules ; tu n'en as pas d'autres ?

— Pardon, mon oncle, répliqua-t-elle d'une voix ferme, j'en ai une autre, que je n'ai pas donnée à M. Prosper, afin de ne pas le mortifier :... c'est qu'il ne me plaît pas.

— Il ne te plaît pas? répéta César en mimant sarcastiquement le ton de sa nièce; sac à papier, tu es bien difficile!... Comment faut-il donc être bâti pour te plaire? Prosper est robuste, sain de corps et d'esprit...

— Laborieux, très entendu aux affaires; un garçon rangé et de bonne conduite, continua Mme Tavan; que lui reproches-tu?

— Rien, maman... Je ne nie pas ses qualités, j'ai pour lui beaucoup d'estime: mais quand il s'agit de mariage, l'estime ne suffit pas, il faut aussi qu'il y ait de l'affection.

— Tout cela, c'est de la phrase! s'écria impatiemment M. Dumoulin; quand vous serez mariés, tu feras comme les autres et tu aimeras ton mari.

— Non, mon oncle, je ne le crois pas... Et si nous nous épousions, nous nous rendrions très malheureux l'un et l'autre... Ce n'est pas ce que vous désirez, n'est-ce pas?

— Je n'ai pas à discuter avec une morveuse! répliqua rudement César; ta mère sait mieux que toi ce qui te convient, et elle est de mon avis... Oui ou non, veux-tu nous obéir, ou entends-tu te révolter contre notre autorité?

— J'ai toujours obéi à ma mère, répondit Claudia avec fermeté, mais je la crois trop raisonnable, ainsi que vous, mon oncle, pour me contraindre à épouser un homme que je n'aime pas.

— Tu ne l'aimes pas, fulmina César exaspéré,
je vais te dire, moi, pourquoi tu ne l'aimes pas ?...
C'est que tu t'es mis un autre amour en tête...
Oh! je ne suis pas aveugle et j'ai bien vu
dimanche de quoi il retourne... Tu t'es amourachée de ce flandrin de professeur que nous avons
eu la sottise de recevoir ici!... Un joli parti, ma
foi, pour une demoiselle Tavan, que ce régent de
collège qui gagne à peine de quoi nouer les deux
bouts!... Oui, ma sœur, voilà le choix qu'a fait ta
fille... Avant-hier, aux Grangettes, j'ai surpris ce
pion en train de lui conter des douceurs... Ose
donc me démentir; ose-le!... s'exclama furieuse-
ment César en saisissant le bras de sa nièce et en
le secouant.

Mais Claudia, muette et impassible, ne sour-
cillait pas. Elle restait sans répondre, les yeux fixés
à terre, les lèvres serrées.

— Est-ce vrai, Claudia, demanda à son tour
Mme Tavan d'une voix sévère.

Même silence obstiné, même visage fermé et
indéchiffrable.

— Elle nous nargue! grommela César, elle
joint l'obstination à l'effronterie...

—Pas de gros mots, César, interrompit la mère
en se plaçant entre son frère et sa fille. — Si ce
jeune homme a été assez indélicat pour abuser de
notre hospitalité, désormais notre porte lui sera

fermée et je me charge de lui dire son fait, s'il insiste pour être reçu... Maintenant, Claudia, assez d'enfantillages et écoute-moi : Prosper va devenir notre associé, il t'a demandée en mariage, c'est un brave garçon qui nous plaît... Tu ruinerais nos projets et tu compromettrais nos intérêts en le refusant... Je te donne vingt-quatre heures pour réfléchir et pour m'apporter une bonne réponse.

— J'ai suffisamment réfléchi, maman, n'insistez pas, c'est inutile.

— Tu es une entêtée et une égoïste ! s'écria Mme Tavan, que sa nature passionnée et irritable emportait à son tour.

— Égoïste !... riposta vertement Claudia, c'est vous qui l'êtes en exigeant que je me sacrifie à des convenances purement commerciales.

— Ne m'échauffe pas les oreilles avec tes airs de raisonneuse impertinente !... Tu oublies que tu es mineure et que tu n'es pas encore maîtresse de tes actions.

— Je suis maîtresse de mon cœur, et personne ne me forcera à dire oui, quand je pense non.

— Dans tous les cas tu dois m'obéir jusqu'à ta vingt et unième année, et je saurai bien te faire joindre, moi !... Une dernière fois, veux-tu épouser M. Baduel ?

— Non, maman, c'est impossible.

— C'est bien... Monte dans ta chambre, tu n'en sortiras plus qu'avec ma permission... Demain, je te ferai savoir comment j'entends désormais me comporter avec toi !

Claudia alluma son bougeoir d'une main tremblante, mais au moment de s'éloigner, sa sensibilité prit le dessus et elle revint vers Mme Tavan avec des yeux pleins de larmes.

— Maman, supplia-t-elle, ne me quitte pas ainsi... Je suis au désespoir de t'avoir fâchée... Mais, vrai, je ne peux pas... C'est plus fort que moi !

Mme Tavan, d'un geste impérieux, l'éloigna et lui montra la porte :

— Tu t'entêtes ?... Moi aussi, répliqua-t-elle Bonsoir !

Claudia se dirigea lentement vers l'escalier. En passant devant M. Dumoulin, elle lui murmura tristement :

— Bonsoir, oncle César !

L'oncle César lui tourna le dos sans répondre. Alors elle disparut et gagna la chambre où Françoise déjà couchée, mais ayant gardé sa bougie allumée, l'attendait impatiemment :

— Conte-moi tout, dit celle-ci à sa sœur ; de quoi s'agit-il ? Tu as la figure renversée... Est-ce qu'on t'a parlé de M. Tournyer ?

Claudia se borna à secouer la tête :

— Laisse-moi, répondit-elle, je suis lasse, il m'est impossible de te rien dire ce soir.

Elle posa son bougeoir sur la tablette de la cheminée et se mit à dénatter nerveusement ses cheveux qui s'éparpillèrent sur ses épaules.

— Quelle humeur! reprit ironiquement Françoise, il paraît que les choses ne marchent pas à ton gré...

Puis, voyant que sa sœur continuait à procéder silencieusement à sa toilette de nuit, elle se renfonça sous ses couvertures.

— A ton aise! ajouta-t-elle d'un ton vexé, en soufflant sa bougie.

Claudia s'était déshabillée lestement. A son tour elle éteignit sa lumière, s'étendit dans son lit et, la tête enfouie dans son oreiller, elle feignit de dormir. Mais quand la respiration égale et rythmée de Françoise l'eut avertie que celle-ci commençait à s'assoupir, elle releva la tête, s'accouda à son traversin et se mit à réfléchir.

En face d'elle, la fenêtre sans persiennes laissait voir dans l'intervalle des rideaux de mousseline un coin de ciel où les étoiles scintillaient, — ces mêmes étoiles qui, deux jours avant, dans le verger de Dingy, s'étaient levées pour saluer sa première soirée d'amour — Deux jours seulement, et comme déjà les obstacles se dressaient à l'encontre de cet amour naissant!... Certes, elle avait bien pensé qu'elle aurait à lutter contre les préventions de son oncle; elle connaissait son faible pour Prosper Baduel et elle pressentait qu'un jour ou l'autre M. Dumoulin lui proposerait d'épouser le premier commis; mais elle ne supposait pas que les événements se précipiteraient avec une pareille rapidité; elle croyait que Prosper attendrait encore au moins un an avant de se déclarer, et d'ici là, avec l'assistance de sa mère, elle espérait que Maurice couperait l'herbe sous les pieds du présomptueux commis. — Et brusquement tout lui manquait à la fois; sa mère, qu'elle regardait comme une alliée, se montrait aussi impatiente que l'oncle César de la marier à Baduel. — Que signifiaient les menaces dont on l'avait effrayée ce soir? Quelles mesures essaierait-on de prendre pour vaincre son obstination? Si violentes qu'elles fussent, elle se jurait de les rendre inutiles, car elle avait hérité de la ténacité et de l'énergie maternelles. On pouvait l'enfermer dans un couvent jusqu'à sa majorité, on ne parviendrait pas à la faire fléchir. Elle avait donné son cœur et ne le reprendrait point. Sûre d'elle-même, elle éprouvait au milieu de ses appréhensions une intime volupté à souffrir pour celui qu'elle aimait. Dans cet obscur silence de la nuit qui grossit et exagère tout, son amour grandissait et elle se sentait capable des plus courageux sacrifices. — Mais Maurice serait-il aussi patient, aussi persévérant qu'elle ? Une fois qu'il ne la verrait plus, ne se rebuterait-il pas devant le mauvais vouloir de l'oncle César et de Mme Tavan ? Elle avait entendu dire que les hommes résistent mal à l'épreuve de l'absence, et son cœur se serrait, ses yeux se mouillaient à la pensée que cet amour, dont elle était si fière, pouvait périr misérablement comme une plante qui manque d'eau et de soleil. — Le sommeil la prit au milieu de ses larmes et quand elle s'éveilla tard, le lendemain, elle aperçut devant son lit Mme Tavan, qui venait d'entrer.

— Levez-vous, ordonna sévèrement cette dernière, et habillez-vous d'une façon convenable; vous descendrez avec moi au magasin... Françoise s'occupera seule du ménage et des courses; quant à vous, mademoiselle, vous n'aurez plus dorénavant de prétexte pour abuser d'une liberté que j'ai eu le tort de vous accorder... A partir d'aujourd'hui vous resterez près de moi à la caisse et vous ne quitterez plus la maison.

VIII

A cage vitrée où s'ouvraient les deux guichets de la caisse était située à l'entrée du magasin du *Fil de la Vierge*, et recevait le jour de la place à travers l'une des glaces de la devanture; toutefois, l'étalage, s'élevant à mi-hauteur, masquait le va-et-vient du dehors et ôtait ainsi tout prétexte de distractions aux personnes préposées à la comptabilité. D'ailleurs, pour plus de précaution, Mme Tavan s'était reculée près de la vitrine et avait installé sa fille aînée à sa droite en la chargeant d'inscrire sur un registre les recettes du détail, au fur et à mesure qu'elles étaient annoncées par les commis. — La première personne qu'aperçut Claudia, à travers le grillage, fut Prosper Baduel. Il venait de présider à l'arrangement de l'étalage et, lorsqu'il passa devant la cage vitrée, il tressaillit en reconnaissant la jeune fille assise à la place du patron. Il entrevit ses yeux cernés, la trouva pâlie et comprit qu'on avait dû prendre, à l'égard de Mlle Tavan, une mesure de sévérité à laquelle il n'était pas étranger. La pensée que Claudia allait être molestée à cause de lui le désola; pénétré de honte et de compassion, il s'enfuit dans le recoin le plus obscur du magasin afin de dérober au moins à la victime la vue de celui qu'elle devait regarder comme son persécuteur.

Il lui fallut néanmoins reparaître devant Claudia, à l'heure du dîner de midi. Ce repas, ordinairement animé et gai, fut cette fois particulièrement maussade. L'oncle César et Mme Tavan affectaient de ne parler qu'au seul Baduel, et celui-ci, décontenancé, n'osant lever les yeux sur les jeunes filles, répondait tout de travers et d'une façon monosyllabique. Claudia restait muette, impénétrable et très digne. Françoise, aiguillonnée par la curiosité, s'agitait impatiemment sur sa chaise et observait avec étonnement les énigmatiques figures de Prosper et de sa sœur. — On ne s'attarda pas à table, et, dès qu'on se fut levé, Mme Tavan redescendit au magasin avec sa fille aînée.

Pour Claudia, l'après-midi se traîna pareille à

la matinée, — lourde, anxieuse et triste. — La jeune fille n'avait même pas le loisir de penser à Maurice. A chaque instant sa méditation était coupée par les exigences de la vente. Elle tressaillait, fiévreuse, au son de la voix précipitée d'une vendeuse annonçant de son comptoir : « Accolade!... Une paire de gants, 1 fr. 95; un chapeau de paille, 5 fr. 25. Deux mètres de rubans à 1 fr. 20! » — Les chiffres se brouillaient devant ses yeux; elle se trompait dans son addition, recommençait et se trompait encore. Elle entendait, comme dans un cauchemar, les marchandages des clients, le monotone : « Et avec ça, madame? » des employées. Elle avait à subir le supplice du malicieux espionnage des demoiselles de magasin, qu'intriguait sa présence insolite à la caisse et qui, lui voyant les yeux rouges, la mine préoccupée, se demandaient entre elles « ce qu'il pouvait bien y avoir là-dessous. » Parfois aussi, une cliente plus familière se penchait vers le grillage et disait à Mme Tavan :

— Tiens, votre demoiselle est avec vous maintenant? Vous voulez donc en faire une commerçante?

A quoi la mère répondait brièvement :

— Oui, je veux qu'elle s'initie aux affaires.

— Vous avez bien raison, madame Tavan; il est bon que les enfants apprennent par eux-

mêmes comment on arrive à gagner de l'argent...
Seulement, c'est un peu dur, quand on n'en a pas
l'habitude; n'est-ce pas, mademoiselle Claudia?

Claudia rougissait sans répondre. Il lui semblait que les gens lisaient sur sa figure pour quel
motif on la tenait cloîtrée derrière le grillage de
la caisse... Dans les moments d'accalmie, elle se
remettait à réfléchir : — Cette longue journée
suppliciante serait suivie d'autres journées également monotones et douloureuses, et elle n'en
pouvait prévoir le terme. Elle ne saurait plus rien
de Maurice et il serait comme mort pour elle. —
A cette pensée, des larmes lui montaient aux
yeux; en dépit de ses efforts pour les retenir,
elles tombaient sur le papier du registre et s'y
étendaient, mélangées à l'encre des chiffres.

Si pénible que fût cette maussade après-midi
dans le jour terne du magasin, elle redoutait de
la voir finir; elle préférait encore cette morne
station dans la cage vitrée, à la nécessité d'assister
au souper en face de Prosper, qui lui était devenu
odieux. Aussi, quand on ferma le magasin, elle
prétexta d'une migraine, déclara qu'elle n'avait
pas faim, et demanda la permission de remonter
directement dans sa chambre. Mme Tavan comprit probablement elle-même que, pour ce jour-
là, la punition était suffisante et n'insista pas pour
qu'elle parût à table. Claudia s'enferma donc

dans la pièce du second étage, où on lui apporta un bouillon, et elle y attendit impatiemment l'arrivée de Françoise.

Vers neuf heures, celle-ci fit vivement irruption dans le dortoir commun, où elle trouva sa sœur en larmes :

— Parleras-tu, enfin? dit-elle, en s'agenouillant devant Claudia et en passant les bras autour de la taille de son aînée; — qu'est-ce que tout cela signifie?

— Ah! Françoise, sanglota celle-ci, je suis trop malheureuse!

— Mais que se passe-t-il? répéta la cadette. M. Tournyer s'est-il présenté pour faire sa demande? A-t-il été refusé?

— C'est bien pis, on veut me marier à M. Baduel...

Alors Claudia conta rapidement à sa sœur la démarche de Prosper, la scène qui avait eu lieu entre elle, sa mère et son oncle, puis la décision prise par Mme Tavan afin de l'empêcher de revoir Maurice. Françoise secouait la tête d'un air intrigué.

— Ah! soupira-t-elle, je m'explique maintenant la mine penaude de Prosper!... Tu vois, j'avais raison de craindre que l'oncle César n'ait d'autres visées et que les choses ne tournent mal!... Que vas-tu faire?

— Je ne serai jamais la femme de M. Baduel, protesta énergiquement Claudia; dût-on m'enfermer pendant un an, on n'obtiendra rien de moi!... J'aime Maurice, je resterai fidèle à l'engagement que j'ai pris, mon cœur ne changera pas, et il faut que M. Tournyer le sache... Écoute, Françoise, m'aimes-tu bien?

— Ma chère, murmura Françoise, en l'embrassant, je pense que tu n'en doutes pas!

— Dans ce cas il faut que tu viennes à mon secours... Toi seule peux me rendre un grand service.

— De quoi s'agit-il?

— De voir Maurice le plus tôt possible et de lui remettre un mot de moi.

— Y songes-tu? se récria Françoise en rougissant, tu me donnes là une singulière commission et je n'oserai jamais...

— Il le faut!... Si tu m'aimes, tu feras cela pour moi, et dès demain... Maurice ignore ce qui s'est passé et il va se présenter chez nous un de ces soirs... Je veux empêcher cette visite à tout prix, car il serait très mal reçu par maman et mon oncle, et notre situation en serait encore empirée... D'un autre côté, je désire qu'il soit persuadé que, de loin comme de près, je serai toujours à lui, et je ne puis me fier qu'à toi pour le lui répéter..

— Mais où et comment veux-tu que je le rencontre?

— Ne t'effarouche pas d'avance, reprit Claudia
à voix basse, ce sera facile si tu sais t'y prendre...
Maintenant que tu es chargée seule du ménage,
les prétextes ne te manqueront pas pour sortir...
Le collège est à deux pas de la maison, et Maurice traverse la rue à cinq heures précises en quittant sa classe... Arrange-toi pour te trouver sur
son chemin et pour lui parler dans un endroit
obscur du passage.

— Et si quelqu'un nous voit?

— Le passage est très sombre et peu fréquenté;
vous trouverez bien un coin où vous pourrez
causer un moment à l'écart... Fanchon, je t'en
prie, rends-moi ce service... J'ai tant de chagrin!...
Je ne serai un peu tranquillisée que lorsque je
saurai que Maurice est instruit de tout... Tu le
verras demain, n'est-ce pas?... tu me le promets?

— Eh bien!... oui, murmura Françoise, qui, au
fond, n'était pas fâchée de jouer un rôle dans
cette aventure d'amour. — Cela lui rappelait certains passages de romans que lui avait prêtés une
demoiselle de magasin et qu'elle avait lus en
cachette. — Oui, poursuivit-elle, je te promets
d'essayer.

— Merci, dit Claudia en l'embrassant, tu es
une bonne fille... Maintenant, couche-toi; pen-

dant que tu te déshabilleras, je vais écrire un mot que tu lui remettras.

Claudia prit dans un buvard une feuille blanche et griffonna rapidement au crayon les lignes suivantes :

« Cher Maurice, ne venez plus à la maison. Pour des motifs que Françoise vous expliquera, nous ne pourrons nous voir de longtemps peut-être. Mais mon cœur n'a pas changé et il vous appartient toujours. Soyez prudent et patient, pensez à moi et aimez-moi comme je vous aime. — Claudia. »

Elle mit le billet sous enveloppe :

— Prends-le, dit-elle à Françoise ; dans le cas où maman viendrait me chercher demain matin, j'aime mieux te le donner dès ce soir. Serre-le soigneusement et n'oublie pas ta promesse... Je compte sur toi absolument !... A présent, bonsoir, petite sœur, je vais dormir avec l'esprit plus tranquille.

Le lendemain vers quatre heures et demie, Françoise, qui depuis le matin tenait le billet de Claudia serré dans son corsage, prétexta d'une course à faire chez un fournisseur et, nouant hâtivement son chapeau, se glissa hors de la maison.

— A Annecy, les jeunes filles appartenant à la bourgeoisie sortent fréquemment seules, sans l'accompagnement du chaperon qui est regardé

comme obligatoire dans les habitudes françaises.
C'est une liberté qu'autorisent les mœurs savoyar-
des, se modelant en ce point sur celles de Genève
et du canton de Vaud, où les filles jouissent d'une
indépendance beaucoup plus large que chez
nous. — Du reste, afin de calmer un peu ses
scrupules de conscience et aussi pour se procurer
un alibi, au cas où sa mère viendrait à avoir quelques soupçons, Françoise commença par se rendre
rue Filaterie, chez le marchand dont elle avait
parlé à la domestique. Puis, quelques minutes
avant cinq heures, elle gagna l'obscur passage
voûté qui va de la rue Notre-Dame à la rue du
Collège, et arriva, le cœur battant, devant le
long mur gris des bâtiments universitaires. Elle
n'était pas très rassurée et s'imaginait que tous les
regards étaient fixés sur elle. Heureusement, il
tombait une pluie fine, la rue était déserte et
les fenêtres des rares maisons qui font face au
collège étaient déjà closes. Françoise, abritée par
son en-tout-cas, put descendre jusqu'à l'église
sans être remarquée. Au moment où elle re-
broussait chemin, le bourdon de Notre-Dame
sonna cinq heures, une porte s'ouvrit, et la jeune
fille reconnut Maurice à sa taille svelte et à sa
barbe noire. Il marchait droit vers elle ; lorsqu'ils
se croisèrent, elle souleva son parapluie, démasqua
sa figure et, d'une voix tremblante, balbutia :

— J'ai à vous parler.

Puis elle marcha vivement dans la direction du passage voûté. — Le professeur avait eu, tout d'abord, un brusque mouvement de surprise en s'entendant interpeller par une jeune femme; mais, dès qu'il put distinguer les traits de Françoise, il rebroussa chemin et la suivit docilement jusqu'au fond du passage.

Ce couloir, très mal éclairé, comme tous ceux qui traversent les vieux quartiers d'Annecy, était coupé d'encoignures ténébreuses et de petites cours humides. Françoise se faufila dans un de ces recoins noirs, où elle fut rejointe par Maurice. Ils se trouvèrent là, blottis l'un près de l'autre, comme pour un rendez-vous d'amour. Françoise ne put s'empêcher de penser à la singulière équivoque à laquelle prêtait sa démarche, et son émotion s'en accrut.

— Je viens de la part de Claudia, se hâta-t-elle de dire.

— Mon Dieu, que lui est-il arrivé? demanda Maurice; serait-elle malade?

— Non, mais elle est très tourmentée... Comme elle ne peut se fier qu'à moi, elle m'a mise au courant de ce qui s'est passé... entre vous, et m'a priée de vous raconter ses ennuis...

Alors, aussi brièvement qu'elle put, Françoise apprit à Maurice les événements qui avaient amené les mesures de rigueur prises par Mme Tavan.

— Claudia, continua-t-elle, ne peut plus sortir et vous devez vous garder de venir à la maison, où vous seriez mal reçu par mon oncle et ma mère. D'ailleurs, elle vous adresse ses recommandations dans la lettre que voici.

En même temps elle lui tendait le billet qu'elle tenait serré dans sa main depuis un quart d'heure. Maurice le saisit et quitta la retraite où ils étaient cachés, pour aller le déchiffrer dans la cour voisine. Il revint ensuite très ému vers le coin noir où il ne distinguait de toute la personne de la jeune fille que ses yeux aux points lumineux et attirants.

— Merci, murmura-t-il; dites à Claudia que je saurai attendre et qu'aucun obstacle ne m'empêchera de l'aimer... Mais, reprit-il avec des intonations caressantes, puisque vous avez consenti à nous aider, ne nous aidez pas à demi... Je voudrais lui écrire quelques mots afin de la rassurer et la consoler... Soyez assez bonne pour venir demain, à la même heure, chercher une réponse.

— C'est impossible !... On nous remarquerait... Je meurs déjà de peur d'être vue avec vous.

— Vous ne reviendrez pas ici... L'endroit est trop dangereux... Trouvez-vous demain à la cathédrale, je passerai près de vous et je vous glisserai facilement ma lettre... Je vous en prie, Françoise, ne nous abandonnez pas... Soyez bonne pour Claudia... et pour moi !

Blotti tout près d'elle, il lui parlait presque dans l'oreille, d'une voix suppliante et si douce qu'elle en fut troublée et se laissa facilement fléchir.

— Oui, répondit-elle très bas, j'y serai...

— Merci, répéta Maurice en lui serrant affectueusement les mains, vous êtes un bon petit cœur... A demain !

Elle se dégagea, sortit la première, gagna la rue Notre-Dame et rentra à la maison sans encombre.

Pendant le souper, auquel Claudia se résigna à assister, Françoise resta rêveuse et taciturne, tandis que sa sœur, l'examinant à la dérobée, cherchait à deviner sur sa figure si elle avait pu rencontrer Maurice. La pauvre Claudia était dans les transes. Elle ne respira librement que lorsqu'elles se trouvèrent enfin seules dans leur chambre.

— Tu l'as vu ? demanda-t-elle impétueusement.

— Oui.

— Ah ! comment as-tu si bien pu dissimuler à souper ?... Tu étais impénétrable et j'ai cru que tu n'avais pas réussi... Il me semble que si j'avais été à ta place, moi, on aurait tout lu sur ma figure... Dis-moi vite comment cela s'est passé !

— Je l'ai instruit de tes chagrins et il m'a promis d'être sage et de bien t'aimer... Ce n'est pas fini !... Il va t'écrire et j'ai consenti à aller demain prendre sa lettre à la cathédrale.

Claudia sauta au cou de Françoise et l'embrassa :

— Ah ! Fanchon, tu es la meilleure des petites sœurs... Je t'adore !... Maintenant, continua-t-elle en la faisant asseoir près d'elle au bord du lit, répète-moi encore tout ce qu'il t'a dit, sans oublier un mot...

IX

LA haute nef de la cathédrale s'obscur-
cissait déjà sous un ciel pluvieux et
crépusculaire, quand Françoise vint
s'agenouiller sur une des chaises qui garnissaient
les bas-côtés. Le jour terne tombant des larges
verrières prenait des tons vaporeux; une brume
fine comme de la cendre veloutait les sculptures
de la chaire et du banc d'œuvre ainsi que les cise-
lures des grilles; au fond, le maître-autel se noyait
dans une buée grise d'où émergeait seul distinctement le mince élancement des cierges. Quelques
dévotes éparses, prosternées sur leur chaise, se
montraient de loin en loin, formes noires confuses, et semblaient dans la nuit commençante
des taches d'ombre plus opaques. On ne s'aper-

cevait de leur existence qu'en entendant çà et là le cliquetis sec d'un chapelet ou une toux discrètement contenue.

Bien qu'elle fût agitée par des appréhensions faciles à concevoir et bien qu'elle tressaillît nerveusement au moindre bruit, Françoise trouvait néanmoins une secrète douceur à ces émotions toutes neuves pour elle. — L'attrait du danger bravé, l'attente de Maurice qui allait venir, anxieux lui aussi et palpitant, lui donnaient une indéfinissable angoisse voluptueuse. Dans l'arrière-fond de son cœur elle gardait toujours un souvenir très vif du plaisir goûté pendant la traversée des sapins du *Grand-Montoir*, lorsqu'elle cheminait appuyée au bras du jeune professeur. Ce rendez-vous dans la cathédrale à demi envahie par la nuit surexcitait son imagination avec ses faux-semblants d'aventure amoureuse. La possibilité de devenir la rivale de sa sœur ne lui entrait pas distinctement dans l'esprit, mais le mystère et l'étrangeté de la situation suscitaient en elle de sourds désirs de tendresse. — A dix-huit ans les jeunes filles pensent à l'amour, même quand elles n'ont pas d'amoureux; chez celles qui ont beaucoup d'imagination, ce besoin d'aimer s'évapore innocemment en rêves romanesques; mais lorsqu'elles sont, comme Françoise, à la fois positives et passionnées, cette préoccupation s'alimente

à moins bon marché. Il leur faut un objectif plus
précis et plus concret, des satisfactions plus réelles,
que Françoise trouvait en partie dans les émotions du rôle qu'elle avait accepté. Cette correspondance clandestine, cette attente périlleuse à
l'ombre d'un pilier d'église, exhalaient une trou-
blante odeur qu'elle respirait comme pour son
propre compte et qui lui montait à la tête.

A un certain moment, elle entendit le battant
de la porte d'entrée s'ouvrir, puis retomber lourdement; des pas légers se dirigèrent de son côté
et elle eut un frisson délicieux en devinant que
Maurice s'approchait d'elle. Le jeune homme, en
effet, arrivait près de la chaise et s'arrêtait à contempler les lignes onduleuses et souples du corps
de Françoise, penché sur le dossier du prie-Dieu.
Elle tourna la tête à demi; en une seconde, il fut
près d'elle et s'agenouilla sur une chaise voisine.

— Je vous ai fait attendre ?

— Non, murmura-t-elle, avec un vague désir
de lui être agréable.

— Voici ma lettre, reprit-il.

Françoise avait dénoué ses mains et laissé tomber un de ses bras le long de la chaise; elle sentit
ses doigts frôlés par ceux de Maurice qui cher-
chaient sa main à tâtons. Il y déposa une enveloppe pliée de façon à former un très petit
volume.

— Prenez, ajouta-t-il, donnez ce billet à Claudia avec l'assurance de ma profonde tendresse... Insistez pour qu'elle me réponde... Et maintenant, merci et adieu... Sortez pendant que je vais m'enfoncer dans l'ombre des bas-côtés...

Il se leva et disparut derrière les piliers, tandis que Françoise, avec un battement de cœur, glissait le billet dans son corsage.

Lorsque Claudia remonta pour le souper, sa sœur put d'un clignement d'yeux la rassurer sur la réussite de sa mission. Aussi, pendant tout le repas, la jeune fille montra-t-elle une sérénité et un apaisement qui parurent de bon augure à l'oncle César. En sortant de table, il emmena Prosper Baduel dehors et, tout en se promenant avec lui au bord du Thiou, il essaya de lui redonner de l'espoir :

— Vois-tu, lui dit-il, elle a quitté ses grands airs et elle commence à s'amadouer. La fermeté de sa mère produit de l'effet ; il n'y a rien de tel que l'énergie pour avoir raison de ces caprices de petites filles.

L'oncle César n'avait jamais rien compris au caractère de sa nièce, et, comme tous les gens têtus et bornés, il prenait volontiers ses désirs pour la réalité ; mais Prosper était plus clairvoyant et moins prompt à s'abuser. Il hocha sceptiquement la tête :

— Ne cherchez pas à me leurrer, patron, répondit-il; surtout ne violentez pas Mlle Claudia.
Plutôt que de la voir m'épouser par force, je préfère devenir raisonnable et me résigner.

— Je te défends de te résigner! s'écria impé-
rieusement César; patiente seulement; elle y
viendra, te dis-je, elle y viendra!...

A dix heures, Mme Tavan, fatiguée de sa journée, fit signe à ses filles qu'elles pouvaient monter
se coucher. Dès qu'elles eurent fermé au verrou
la porte de leur chambre, Françoise tira de son
corsage le billet de Maurice.

— Tiens, dit-elle à Claudia, voici ce qu'il m'a
remis pour toi.

La jeune fille saisit la lettre, la déplia vivement
et la parcourut d'abord d'un regard avide.

— Viens, murmura-t-elle ensuite à Françoise,
en lui prenant affectueusement la taille et en
s'asseyant avec elle au bord de sa couchette, je
n'ai rien de caché pour toi et nous pouvons lire
sa lettre ensemble.

Alors, l'une contre l'autre, les deux têtes pen-
chées et se touchant, elles savourèrent de compagnie les phrases délicatement tournées de ce
billet qui fleurait une suave odeur de tendresse et
de poésie. — Après des protestations d'amour
immuable et persévérant, la lettre se poursuivait
ainsi :

« Je ne partage pas complètement votre avis, chère bien-aimée, au sujet de la conduite à tenir envers vos parents. Si je m'abstenais désormais de me présenter chez vous, j'aurais l'air de me douter de ce qui s'est passé, tandis que je suis censé l'ignorer. En ne me voyant plus revenir, on pourrait croire que j'ai été prévenu par quelqu'un et on ne manquerait pas de vous soupçonner. Non, quoi qu'il m'en coûte, j'irai dimanche rendre visite à M. César et à Mme Tavan, et je me laisserai congédier par eux. Soyez persuadée que je serai prudent et que je me munirai pour cette entrevue d'une provision de patience et de déférence respectueuse. Mon amour-propre en sera un peu mortifié, mais qu'est-ce que cela auprès de vos chagrins ?... La seule chose que je vous demande comme compensation, c'est de ne pas me priver de vos nouvelles. Vous pouvez m'écrire sans danger au *Marquisat,* où je demeure. Votre excellente et charmante sœur mettra votre lettre à la poste, et puisqu'elle veut bien continuer à être bonne pour nous, elle viendra chercher la mienne, lundi, vers cinq heures, au Jardin public... C'est à quelques pas de votre maison, et, à cette heure-là, le jardin est absolument désert... Je l'attendrai dans le massif qui fait face à l'île des Cygnes... »

— Non, s'écria Claudia en s'interrompant, je

ne peux pas consentir à cela!... Ce serait t'exposer
et te compromettre, Fanchon, et je m'en voudrais toute ma vie!... Je lui écrirai que c'est impossible.

Mais Françoise insista pour qu'on accordât
cette consolation à Maurice.

— Laisse donc, insinua-t-elle, le bateau rentre
à Annecy à cinq heures et demie, et si on me
rencontre, j'aurai l'air de quelqu'un qui va chercher un paquet ou donner une commission au
pilote... L'endroit est parfaitement choisi, au contraire, et je ne courrai aucun risque... D'ailleurs,
tu ne peux pas refuser cela à ce pauvre garçon, et
toi-même, que deviendrais-tu, claquemurée dans
le magasin, sans avoir de temps à autre une lettre
pour te remonter?...

Après avoir, deux jours auparavant, hésité à
se charger d'un premier message pour Maurice,
c'était Françoise maintenant qui devenait témé-
raire et plaidait pour que la correspondance continuât. Sans trop s'en rendre compte, elle prenait
goût à ces dangereuses équipées qui lui donnaient
des émotions jusque-là inconnues. Claudia, plus
réfléchie et déjà plus expérimentée, aurait dû
s'apercevoir de ce brusque revirement et s'alarmer de la chaleur avec laquelle sa jeune sœur
prenait parti pour M. Tournyer, mais l'égoïsme
de l'amour l'aveuglait. Elle ne vit dans le zèle

ardent de Françoise que le bon vouloir d'une amitié fraternelle; elle céda à ses exhortations et passa une partie de la nuit à répondre à Maurice.

Elle lui écrivit une longue lettre très tendre, où elle le remerciait de lui garder fidèlement son amour et où elle le louait de ses sages résolutions au sujet de la conduite à tenir avec Mme Tavan et l'oncle César.

« Vous m'avez donné là, mon ami, lui disait-elle, une nouvelle preuve de la délicatesse de votre cœur. Oui, vous avez raison, vous ne devez pas vous abstenir de rendre une dernière visite à ma mère et à mon oncle. C'est bien à vous d'avoir senti que si vous vous éloigniez brusquement, c'est moi qui serais soupçonnée de vous avoir prévenu ! Seulement, pauvre ami, vous allez être soumis à une désagréable épreuve, car mes parents sont très montés contre nous. Quand vous viendrez à la maison, tâchez que ce soit un dimanche, à l'heure où nous serons aux vêpres. De cette façon, vous ne trouverez que mon oncle. Quelque rude que soit son accueil, je vous en prie, restez calme et niez tout. S'il vous accuse d'être la cause de l'échec de M. Baduel, détrompez-le hardiment. Reniez-moi, je vous y autorise. Qu'importe que les autres croient que je vous suis indifférente, pourvu que nous nous aimions

bien tous deux, dans le fond de notre cœur!...
Plus tard, quand l'orage sera apaisé, nous nous
dédommagerons en montrant notre tendresse à
toute la ville, en pleine cathédrale, le jour où l'on
bénira enfin notre mariage... »

Le lendemain, Françoise jeta cette lettre à la
poste, et, le dimanche, à l'heure des vêpres,
Maurice, très calme en apparence, mais non
sans éprouver un désagréable tremblement intérieur, se rendit à la maison du *Fil de la Vierge*.
Ainsi que l'avait prévu Claudia, M. César
Dumoulin était seul au logis. A peine le
professeur eut-il mis le pied dans la salle à
manger où l'oncle César lisait son journal, que
celui-ci, rouge comme un coq, se précipita vers
lui :

— Monsieur, dit-il en lui empoignant le bras,
votre conduite a été indigne... Regardez bien
cette porte que nous avons eu le tort de vous
laisser franchir, c'est la dernière fois qu'elle s'ou-
vrira pour vous !...

— Monsieur Dumoulin, repartit Maurice, je
ne vous comprends pas... De quoi suis-je coupable ?

— Vous osez faire l'étonné !... Après avoir
abusé de notre hospitalité pour détourner ma
nièce Claudia de ses devoirs !...

— Permettez-moi de vous demander, monsieur, sur quelles preuves repose cette accusation ?

— Sur quelles preuves! s'écria l'oncle César très échauffé; puis il s'arrêta court, ne trouvant rien de bien topique pour étayer ses allégations... Hé! mille tonnerres, n'est-ce point parce qu'elle s'est entichée de vous que Claudia vient de refuser le mari que je lui ai proposé ?

— Avez-vous interrogé Mlle Claudia et a-t-elle confirmé ces singulières suppositions?

— Non, répondit César interloqué par le sang-froid du professeur, mais quelle autre raison aurait-elle de repousser un parti très convenable?

— Vous me faites beaucoup d'honneur, monsieur, en me croyant capable d'être un obstacle à vos projets... Mais vous vous trompez absolument.

— C'est possible, grommela M. Dumoulin; néanmoins deux sûretés valent mieux qu'une... Nous ne voulons pas que ma nièce devienne la femme du premier venu, et je suis chargé par Mme Tavan, ma sœur, de vous prier de cesser vos visites.

— Les prières de Mme Tavan sont des ordres pour moi, répliqua brièvement Maurice, et je n'ai qu'à m'incliner, quels que soient mes regrets... Je vous salue, monsieur Dumoulin.

— Serviteur, monsieur!...

« Il se moque de moi, pensait l'oncle César,

furieux de n'avoir pu exhaler sa colère avec plus de virulence... Mais j'en suis pour ce que j'ai dit : c'est ce joli parleur qui est la cause de tous nos tracas ! »

Pendant ce temps, Maurice descendait l'escalier et se dirigeait tout pensif vers son logement situé au Marquisat, en dehors de la ville. Encore qu'il eût fait bonne contenance devant M. Dumoulin, il n'en était pas moins mortifié de la façon peu cérémonieuse dont il avait été éconduit. Cette blessure d'amour-propre l'irritait contre l'impertinence du mercier et le prédisposait à envisager sous des couleurs très noires les complications qui allaient naître d'une situation fausse. Le positivisme et les appréhensions de l'universitaire perçaient à travers les sentimentalités de l'amoureux, comme les fonds noircis d'une vieille peinture reparaissent sous la couche trop mince d'une peinture neuve. — L'humiliant congé que venait de lui signifier M. César ne resterait certainement pas ignoré ; le bruit s'en répandrait par la ville et viendrait peut-être aux oreilles de ses supérieurs. Cela jetterait sur lui un ridicule et une défaveur préjudiciables à ses projets ambitieux. Il piochait à ce moment son agrégation et sollicitait d'être chargé de cours au lycée de Grenoble afin de pouvoir mieux préparer son concours. Il comptait, une fois agrégé, aborder l'épreuve du doctorat et arriver ensuite à se faire attacher à une faculté. Mais une mauvaise note, un rapport malveillant de l'inspecteur d'académie, pouvaient faucher en herbe ces beaux rêves d'avenir, et voilà à quoi l'exposait le fâcheux dénouement de ses relations avec la famille Tavan. A la vérité, il avait comme compensation l'amour de Claudia; mais la jeune fille, maintenant séparée de lui et chambrée dans le magasin du *Fil de la Vierge*, résisterait-elle à l'épreuve de l'isolement ? Ses résolutions ne faibliraient-elles pas, et, en supposant qu'elles se maintinssent toujours fermes, Claudia aurait-elle la force d'imposer sa volonté à sa mère et à son oncle ?...

Tout en ruminant ces réflexions amères, Maurice Tournyer avait dépassé la porte de son logis; laissant derrière lui les murs de l'hôpital, il s'était dirigé sur les pentes de la Puya, jusqu'à une châtaigneraie qui domine le lac. — Le paysage automnal, teint de toutes les nuances du jaune, de l'orange et du brun fauve; la vue du lac bleu où se reflétaient ces teintes dorées, le rassérénèrent un peu. L'air transparent, réchauffé par un soleil encore tiède, enveloppait d'une caresse les sommets déjà neigeux, les bois à demi effeuillés, l'eau calme et lisse où des barques manœuvrées à la rame, des yoles à voile triangulaire, glissaient gaiement. Au loin, du côté de Veyrier, le bateau à vapeur redescendait en laissant à l'arrière une molle traînée de fumée blanche. — Maurice trouva un charme apaisant à cette châtaigneraie solitaire, dont les feuilles mortes jonchant le sol rendaient un bruit soyeux à mesure que les pieds s'y enfonçaient. L'endroit était peu fréquenté; on ne risquait guère, surtout en semaine, d'y rencontrer des fâcheux, et le professeur regretta de ne pas l'avoir indiqué à Claudia, de préférence au Jardin public, pour le rendez-vous assigné à Françoise.

Sous la pacifiante influence de cette journée de fin d'automne, la pensée de Maurice revenait maintenant à Claudia avec une douceur attendrie. — Elle l'aimait, elle souffrait à cause de lui; ne devait-il pas à son tour tenir sa promesse et lutter avec persévérance contre les obstacles qui se dressaient entre elle et lui? Il avait désiré l'amour de Mlle Tavan; sûr maintenant de le posséder, n'était-il pas tenu de tenter le possible et l'impossible pour qu'elle devînt sa femme? Reculer, par peur de quelques ennuis, n'était ni viril ni généreux. D'ailleurs, s'il craignait que l'isolement n'affaiblît les résolutions de son amie, le meilleur moyen de lui donner du courage ne consistait-il pas à la convaincre de sa persévérante tendresse? En dépit de la séparation, si elle sentait Maurice toujours aimant et prêt à lutter, elle puiserait dans ce sentiment une nouvelle force pour résister aux intimidations et aux menaces. Dans dix mois, elle serait majeure, et devant sa volonté énergiquement manifestée les parents auraient beau se gendarmer, la crainte d'un esclandre les forcerait à capituler...

Maurice rentra chez lui et, pour se disculper à ses propres yeux de ses hésitations peu héroïques, il écrivit à Claudia une lettre où il mit toute la sensibilité de son cœur, toute la chaleur de son imagination surexcitée.

Le lundi, il arriva le premier à l'extrémité du Jardin public, près des massifs qui font face à l'îlot des *Cygnes*. Ainsi qu'il l'avait prévu, le crépuscule embrunissait déjà les allées, et la promenade était déserte. Un brouillard montait des berges du lac et s'étendait comme une gaze légère sur les montagnes du fond. La paix du jour tombant n'était troublée que par le halètement du bateau à vapeur qui se rapprochait d'Annecy et dont on distinguait les feux rouges dans la brume. — Le gravier de l'allée cria sous un pas alerte, et, dans le demi-jour, Maurice reconnut Françoise qui contournait vivement une pelouse. Elle l'avait aperçu et se dirigeait vers lui. Sur le fond gris des ramures déjà effeuillées, sa jolie taille souple et cambrée se détachait mollement. Dès qu'ils furent l'un près de l'autre, ils

s'engagèrent en un étroit sentier tournant où ils
se trouvaient enveloppés de massifs d'arbres verts,
et enfouis dans une obscurité presque complète.
Alors seulement ils se serrèrent la main.

— Cette fois, c'est moi qui vous ai fait attendre, dit Françoise en relevant sa voilette et en
reprenant haleine... Savez-vous que, si j'avais
écouté Claudia, je ne serais pas venue?... Oui,
continua-t-elle en observant l'étonnement inquiet
de Maurice, ma sœur avait des scrupules et craignait de m'exposer à quelque mésaventure...
C'est moi qui l'ai convaincue qu'il n'y avait aucun
danger. En effet, je n'ai pas rencontré un chat...
J'aime bien mieux cet endroit que la cathédrale...

— Comme vous êtes bonne et dévouée, reprit
Maurice; je vous en suis profondément reconnaissant et je vous aime tout plein!

— Bien vrai? demanda-t-elle avec un singulier
sourire dans les yeux.

— Bien vrai, répondit-il en donnant à sa réponse une intonation caressante.

Elle resta un moment silencieuse, puis demanda
d'une voix un peu altérée:

— Avez-vous écrit?

— Oui, voici ma lettre.

Elle la prit, et, profitant de l'obscurité, l'introduisit dans son corsage. Maurice suivait curieusement le manège de la jeune fille. Il devinait aux

mouvements de la main le corsage furtivement
déboutonné dans le haut, et le billet prestement
insinué dans le creux du corset. Tout d'un coup,
dans une allée voisine, ils entendirent un bruit de
pas. Françoise, effrayée, se cramponna au bras
du professeur et ils se rejetèrent entre deux buis-
sons d'ifs dont les touffes rameuses se refermèrent
sur eux. — C'était un passant attardé qui traversait le jardin; il s'arrêta une minute, siffla son
chien, puis s'éloigna dans la direction du bateau
qui venait de rentrer.

— Oh! que j'ai eu peur! chuchota Françoise,
qui n'avait pas lâché le bras de Maurice.

— La prochaine fois, nous choisirons un
endroit plus sûr et moins fréquenté encore...
Connaissez-vous la fontaine du Marquisat?...

Elle répondit affirmativement.

— Il y a là, à main droite, poursuivit-il, un
sentier qui mène aux châtaigniers de la Puya...
Pourrez-vous vous y trouver d'aujourd'hui en huit
jours, à quatre heures?

— J'essaierai.

— Dans le cas où vous seriez empêchée, ne
vous inquiétez pas... J'en serais quitte pour une
promenade en plein air et vous m'indiqueriez
votre jour par un mot jeté à la poste.

— C'est convenu, répliqua-t-elle.

— Maintenant il faut nous quitter... Bonsoir,

Françoise! — Il lui prit les deux mains et ajouta :
— Vous permettez, n'est-ce pas ? que je vous appelle par votre nom de baptême... N'êtes-vous pas déjà un peu ma petite sœur ?

— Je ne demande pas mieux, murmura-t-elle.

— Vous embrasserez Claudia pour moi.

— Très volontiers...

Par un mouvement tout spontané, elle avait rapproché sa tête, et, sans retirer ses mains, elle ne bougeait pas, comme si elle eût attendu le baiser qu'elle était chargée de transmettre ; en même temps, elle relevait vers le professeur ses grands yeux qu'une lueur humide étoilait dans l'ombre. Ce regard questionneur et provocant exerça sur Maurice la même séduction qu'il avait déjà subie dans la treille des Grangettes, pendant la cueillette des raisins. Sa gorge se serra et il balbutia :

— Pour que la commission soit mieux faite, ne voulez-vous pas que je... vous embrasse ?

Elle répondit très bas, d'une voix à peine distincte ! — « Oui, » — et elle tendit le front.

Dans le mouvement qu'il fit pour l'attirer près de lui, les lèvres de Maurice glissèrent du front où elles devaient se poser, sur les paupières baissées de Françoise, dont tout le corps tressaillit et s'abandonna un moment entre les bras qui le soutenaient.

Puis brusquement ils se quittèrent, étrangement remués par cette caresse non préméditée, qui leur laissait à tous deux une saveur trouble de fruit défendu.

X

AURICE TOURNYER n'avait pas l'âme
perverse; il passait au contraire parmi
ses collègues pour un garçon au caractère droit et loyal; néanmoins il était homme,
et, comme tel, sujet aux chutes, aux faiblesses
et aux compromissions qui sont le lot de l'animalité humaine. Depuis son arrivée à Annecy,
ses goûts studieux, et aussi une délicatesse
native qui répugnait aux plaisirs grossiers,
l'avaient aidé à observer une continence rigoureuse; mais cette sagesse maintenue à grand'-
peine, cette accalmie momentanée des sens, ne
pouvaient résister longtemps à l'épreuve d'une
intimité trop familière avec une jeune fille appé-
tissante comme l'était Françoise. La furtive em-

brassade qui venait de clore leur rencontre au
Jardin public avait déterminé chez Maurice une
secousse toute physique dont il était honteux et
inquiet, mais qui réveillait en même temps sa
vanité et sa sensualité masculines. — Tout en se
déclarant à lui-même qu'il ne trahirait jamais
l'amour et la confiance de Claudia, il ne pouvait
s'empêcher de repenser à ce tête-à-tête parmi les
ramures résineuses des ifs, à ce baiser silencieusement provoqué et voluptueusement savouré.
« Est-ce que Françoise m'aimerait ? » se deman-
dait-il, et la réponse ne se faisait pas attendre,
accompagnée d'une sourde poussée de fatuité :
— Oui, la jeune fille semblait avoir pour lui un
penchant à peine dissimulé. — « En ce cas, songeait-il, sentant déjà en son cœur l'épine d'un
remords, je dois veiller sur moi, éviter les occa-
sions de tenter et d'être tenté. Il y aurait de la
scélératesse à encourager un caprice pareil; ce
serait trahir bassement Claudia, et la trahir pour
une fille que je n'aime pas. » Il se représentait
mentalement toutes les qualités physiques et
morales qui rendaient l'aînée des demoiselles
Tavan si supérieure à la cadette. « En réalité,
continuait-il, c'est à Claudia que vont toutes mes
sympathies et toutes mes préférences. Françoise
me fait éprouver une fugitive émotion de la chair;
mais quand je rentre en moi-même, c'est la grâce,

c'est la beauté virginale et captivante de Claudia que j'y retrouve. Rien ne pourra me détacher de cette sœur si aimante, si sincère et si peu égoïste. »
— Arrivé à ce tournant de ses réflexions, Maurice se trouva légèrement rassuré. Il chercha à accroître ce sentiment de sécurité en se prouvant que Françoise ne pouvait être dangereuse. « De quoi vais-je m'alarmer? poursuivait-il, il n'y a dans tout cela, sans doute, qu'un dévergondage de mon imagination; ma vanité exagère la portée du badinage étourdi d'une petite fille inconsciente. Françoise croit pouvoir prendre avec moi d'innocentes privautés, comme on voit certaines nouvelles mariées s'en permettre avec les jeunes frères de leur mari. Cela ne tire pas à conséquence, et c'est moi qui risquerais de rendre ces étourderies périlleuses en leur accordant trop d'importance. » — Et ainsi, à l'aide de raisons spécieuses, se dissimulant à lui-même le danger d'une situation équivoque, Maurice en venait à se donner le change.

Pendant ce temps, Françoise rapportait à sa sœur la lettre très chaleureuse que le professeur lui avait écrite la veille, et l'imprudente Claudia la laissait lire à sa cadette par-dessus son épaule. Cette épître dont Maurice, repentant de ses hésitations, avait monté le ton involontairement, était toute débordante d'effusions passionnées.

A l'insu de Claudia, ce lyrisme amoureux achevait de surexciter Françoise. Très avant dans la nuit elle restait éveillée, repassant dans sa tête toutes ces protestations tendres qui lui enflammaient l'imagination. Elle aurait voulu qu'on lui écrivît des lettres pareilles. Repensant, elle aussi, au baiser de Maurice, elle frissonnait à ce souvenir et souhaitait de goûter de nouveau la sensation délicieuse de ces lèvres viriles appuyées sur ses paupières.

Peu cultivée, médiocrement intelligente, mais très précoce; ayant dans ses veines le feu et la fougue du tempérament maternel, Françoise était une de ces natures élémentaires, toutes de premier mouvement, capables de bien ou de mal, suivant l'impulsion de leur bon ou de leur mauvais ange. Ces créatures, faites de sang et de nerfs, sont absolument dépourvues de ce qu'on est convenu d'appeler le sens moral. La prévision des conséquences de leurs actes leur manque aussi bien que le sentiment de leur propre responsabilité. Elles ne sont arrêtées dans la réalisation de leur impétueuse fantaisie ni par la parenté, ni par l'amitié, ni par la foi religieuse, et elles vont jusqu'au bout de leurs désirs sans le moindre scrupule de conscience, sauf à verser des larmes tardives quand la passion les a entraînées à une catastrophe. — Françoise, en ce

moment, ne songeait à sa sœur que pour sou-
haiter d'être à sa place. Un sentiment qu'elle
n'analysait pas la poussait fatalement à provoquer
de nouveau ce trouble confus où elle avait jeté
Maurice et que son flair de femme avait deviné,
malgré les efforts tentés par le jeune homme
pour le dissimuler. En outre, au fond de son âme
purement instinctive, un obscur dépit se remuait.
Elle était sourdement humiliée de l'inaltérable
confiance que lui témoignait son aînée, de cette
sécurité un peu dédaigneuse avec laquelle Claudia
usait de ses services, sans avoir l'air de craindre
un seul instant qu'elle pût devenir sa rivale.
N'était-elle pas, elle aussi, jeune, séduisante, capable d'aimer et d'être aimée? Elle en voulait à
sa sœur de ne pas suffisamment tenir compte de
tout cela, et ce mouvement de vanité froissée la
déterminait à montrer qu'elle pouvait être plus
redoutable qu'on ne se l'imaginait. Ce sentiment,
timide d'abord, s'était accru à mesure que les
rapports de Françoise avec Maurice étaient
devenus plus familiers. Ainsi, peu à peu, la rancune de l'amour-propre piqué au vif se joignait
aux ferments d'une passion naissante pour affaiblir dans le cœur de Françoise l'amitié, faite d'habitude et d'instinct, qui l'avait jusqu'alors unie à
sa sœur.

Claudia, elle, ne soupçonnait pas la pernicieuse

évolution qui s'opérait dans l'âme de Françoise. Tout entière absorbée par ses peines d'amour, par la résistance qu'elle opposait à sa mère et à son oncle, elle ne pensait qu'à Maurice. Ses seuls jours heureux étaient ceux où elle recevait une lettre du professeur. Ces lettres, trop rares à son gré, constituaient l'unique distraction de sa nouvelle existence. Elle passait une partie de ses nuits à les relire; elle s'en imprégnait, elle les savait par cœur, et, dans la journée, elle se consolait de la maussaderie de ses occupations en se les répétant phrase par phrase. Elle était arrivée, à force de volonté, à donner à sa figure si mobile un masque d'impassibilité, quand elle se trouvait en présence de Mme Tavan, de César et de Prosper Baduel, ou quand sa besogne journalière la mettait en rapport avec les clients du magasin. — Courbée sur son registre, dans l'étroite logette vitrée, elle s'exerçait à aligner machinalement des chiffres, tandis que sa pensée se réfugiait près de Maurice comme en un sanctuaire inviolable. — Au dehors, la pluie d'octobre ruisselait contre les vitrines, les portes du magasin battaient au va-et-vient des clients, qui entraient ou sortaient en secouant leurs parapluies trempés; les employés, affairés appariaient des écheveaux de fil, dépliaient des coupons d'indienne; Mme Tavan rendait de la monnaie avec un vague sourire commercial sur les lèvres; Baduel, le front plissé, les bras pliant sous les pièces d'étoffe, s'agitait à travers le magasin. Les demandes et les offres échangées à mi-voix, les bruits de tiroirs ouverts ou refermés, le choc sourd des coupons jetés sur le comptoir, le grincement soyeux des rubans déroulés pour le métrage, formaient un confus bourdonnement qui hypnotisait presque le cerveau de Claudia et la poussait plus avant dans le courant de ses rêves d'amour. — Parfois, un bref appel de sa mère ou la voix de la vendeuse annonçant les achats la rejetaient brusquement dans la réalité; alors, de l'air de quelqu'un qui se réveille en sursaut, elle additionnait rapidement les chiffres jetés à la volée, elle regardait les clients aux vêtements mouillés, le parquet boueux, les vitres ruisselantes, et une crainte la prenait: — Pourvu que ce mauvais temps ne se continuât pas jusqu'au jour assigné à Françoise pour le prochain rendez-vous! — Et de nouveau ses réflexions s'en allaient vers Maurice: — Où était-il à cette heure? Que faisait-il? Pensait-il à elle autant qu'elle pensait à lui?...

· Une autre personne aussi pensait au professeur Tournyer, mais pour le maudire et l'envoyer au diable. — C'était l'oncle César. — Il commençait à croire que Claudia ne viendrait pas à résipiscence aussi vite qu'il se l'était imaginé. L'impassible obstination de sa nièce le stupéfiait. Il ne s'attendait pas à trouver chez cette petite fille une résistance passive et un entêtement qui sont cependant l'un des caractères de la race savoyarde. Dans son dépit, il s'en prenait à Maurice Tournyer: — « Il faut, se disait-il, que ce pion lui ait jeté un sort! » — Il soulageait sa bile en reprochant à Mme Tavan d'avoir imprudemment attiré chez elle cet enjôleur de filles. Il n'osait plus adresser d'encouragement à Prosper Baduel, et le commis, à son tour, s'abstenant de lui reparler de Claudia, piochait silencieusement, rageusement; son caractère s'aigrissait, il montrait une humeur de dogue et semblait vouloir faire payer ses déconvenues aux demoiselles de magasin, qu'il rabrouait et malmenait du matin au soir.

Pluvieux ou ensoleillés, les jours passèrent et on arriva au lundi fixé par Maurice. — Les bourgeois d'Annecy étaient tous occupés de leurs vendanges qui ont généralement lieu vers la fin d'octobre. Bien qu'il ne possédât point de vignes, l'oncle César était parti le dimanche pour les Grangettes, en compagnie de Prosper Baduel, afin de surveiller la récolte des pommes de terre et des châtaignes. Il ne devait rentrer que le lundi soir. Cette absence, qui obligeait Mme Tavan à une plus grande assiduité au magasin, laissait à Françoise une complète liberté et elle était décidée à en profiter, quelque temps qu'il fît.

9

Même, afin de se ménager plus de loisir, elle avait parlé dès la veille d'une course obligatoire chez la blanchisseuse, logée hors de la ville. Pourtant, quand Claudia, en s'éveillant, le lundi matin, vit le ciel couvert de gros nuages qui, par intervalle, crevaient en ondées, elle fut prise de scrupules et déclara qu'elle ne voulait pas que Françoise s'exposât à attraper du mal. Mais celle-ci se moqua de ses craintes et insista pour sortir. — Elle se couvrirait de façon à affronter la pluie. D'ailleurs, M. Maurice n'avait pas reçu contre-ordre, il irait au rendez-vous et, n'y trouvant personne, il ne saurait que penser... Et puis, d'ici à quatre heures, le ciel pouvait se nettoyer... « Pluie du matin n'arrête pas le pèlerin. » — Claudia était trop impatiente d'avoir une lettre pour ne pas se laisser convaincre ; touchée du dévoûment de sa cadette, elle la remercia, l'embrassa et descendit au magasin.

Dans l'après-midi, en effet, les ondées devinrent moins fréquentes ; le vent balayait les nuées et un pâle soleil luisait par instants. Françoise monta dans sa chambre, jeta par-dessus sa veste un gros châle de laine, puis, par des rues détournées, gagna le chemin du Marquisat.

Arrivée à la fontaine, elle ne se morrondit pas en une longue attente. Bientôt la svelte silhouette de Maurice Tournyer se profila sur la route grise. Il ne jugea pas prudent d'aborder la jeune fille à cet endroit trop fréquenté, et, se bornant à lui faire signe des yeux et de la main, il s'engagea dans un sentier montant où elle le suivit. Ils atteignirent ainsi les pentes de la Puya. La vendange ayant attiré tout le monde dans les vignes, le sentier était fort solitaire. Maurice s'arrêta un moment pour attendre Françoise, puis lui serrant la main :

— Cela ne vous effraie pas trop, dit-il plaisamment, de vous promener avec moi en pleine campagne ?

— Pas du tout, répondit-elle en le regardant de côté, avec vous j'irais au bout du monde...

— Nous n'irons pas si loin, reprit-il ; seulement, si vous le permettez, nous monterons jusqu'aux châtaigniers de la Puya, où nous pourrons causer plus à l'aise... Avant tout, et de peur d'une surprise qui nous oblige à nous séparer, je vais vous donner ma lettre pour Claudia.

Il lui remit le billet qu'il avait préparé. Elle le serra dans la poche de sa veste et ils continuèrent à cheminer vers la châtaigneraie dont les massifs jaunissants se montraient au sommet de la colline. A un endroit où la pente devenait plus abrupte, il offrit son bras à Françoise ; elle s'y appuya avec un abandon qui faisait se toucher leurs épaules.

— Nous avons déjà, remarqua-t-elle, marché

ainsi une fois ensemble sous les sapins du Grand-
Montoir.

— Vous vous en souvenez?

— Oh! oui, murmura-t-elle.

Elle le regarda de nouveau et, sous son regard
luisant, Maurice éprouva une seconde fois cette
secousse qui l'avait si fort troublé lors de leur
embrassade parmi les ifs du Jardin public. Il se
raidit contre cette émotion purement physique à
laquelle il s'était promis de résister, et resta silencieux. Sans échanger une parole, ils recommencèrent à gravir plus lestement la pente de la
Puya. Lorsqu'ils arrivèrent au sommet, Françoise
était essoufflée et Maurice sentit contre son bras le
gonflement de sa poitrine soulevée. Lui aussi était
singulièrement agité. Les tentations contre lesquelles il avait lutté le ressaisissaient. Comme ils
avaient atteint le plateau, il en profita pour se
dégager et recula à quelques pas de la jeune fille;
mais Françoise reprit brusquement son bras et,
s'y accrochant nerveusement:

— Pardon, balbutia-t-elle, je suis tout étourdie...

— Venez vous reposer ici un moment, dit-il.

En même temps il lui désignait une pierre
blanche adossée à un châtaignier et à demi
enfoncée parmi des touffes de bruyères roussies.
Puis, comme l'étourdissement ne cessait pas, il

lui passa un bras autour de la taille afin de la soutenir. Lentement il la conduisit près du banc de pierre, l'y déposa et se trouva lui-même assis à côté d'elle, le bras serré entre le dos de Françoise et le tronc moussu du châtaignier. Intérieurement, il se disait qu'il devait maintenant la débarrasser de ce soutien devenu inutile; mais loin de s'offenser de cette étreinte continuée, elle s'appuyait au contraire plus fort contre le bras du professeur.

— Êtes-vous mieux ? demanda-t-il.

— Beaucoup mieux...

Elle poussa un profond soupir et ajouta:

— Il fait très bon, ici...

Serrés l'un contre l'autre au milieu de la bruyère, comme en un étroit fauteuil, les pieds enfoncés dans les feuilles tombées, ils paraissaient absorbés par la contemplation du lac où un dernier coup de soleil courait sur l'eau fouettée par le vent et blanchissante; en réalité, ils ne voyaient ni le lac moutonnant, ni les vignes rougies, ni les cimes d'en face à demi noyées dans de lourds nuages qui descendaient en épaisses coulées noires le long des pentes neigeuses. Ils n'étaient préoccupés que d'eux-mêmes et des tumultueux désirs dont ils se sentaient brûlés, mais dont ils n'osaient par un mot ou un geste déterminer l'explosion. — On prétend que certaines plantes dégagent un gaz qui s'enflamme à l'approche d'une bougie; Françoise Tavan avait un peu de la nature de ces plantes-là. Un fluide amoureux émanait de ses yeux, de ses lèvres mi-closes et des souples mouvements de son corps. Maurice subissait de plus en plus l'influence de cette électricité féminine. Il lui prenait de soudaines envies d'attirer à lui ce corps onduleux, de se pencher vers cette bouche entr'ouverte et d'y savourer les délices des premiers baisers; puis il reculait, effrayé de la véhémence de son désir. — « Non, se disait-il, ce serait trop criminel d'abuser à la fois de la confiance aveugle de Claudia et de la faiblesse de cette jeune fille ! » — Il évoquait alors l'image de la sœur aînée; s'apercevant tout à coup qu'il avait à peine demandé de ses nouvelles, il questionnait brusquement Françoise :

— Claudia ne souffre-t-elle pas trop de sa réclusion ?... Comment la traite Mme Tavan ?... Quelle figure lui fait l'oncle César ?

Françoise répondait par monosyllabes, d'un ton bref et presque agacé; la conversation tombait et, de nouveau, un silence plein de périls laissait Maurice en proie à la tentation.

Un coup de vent, balayant en tourbillons les feuilles mortes de la châtaigneraie, les tira soudain tous deux de la langueur où ils s'oubliaient. En relevant les yeux, ils s'aperçurent que la rive opposée était devenue invisible; les nuées crevaient sur Veyrier et la rafale pluvieuse traversait rapidement le lac qui disparaissait à son tour sous une large buée grise. Le jour s'était obscurci et le vent entre-choquait les branches des arbres.

— Partons ! s'écria Maurice, nous allons être pris par l'ondée.

Il mit le bras de Françoise sous le sien et ils redescendirent la pente de la Puya; mais à peine étaient-ils à mi-chemin que la nuée les atteignit. La pluie tombait drue et violente; elle les aveuglait et les inondait. En son désarroi, Maurice proposait à la jeune fille de s'abriter dans une sorte de café-guinguette situé au bord de la route et où les canotiers d'Annecy venaient s'attabler le dimanche. Françoise refusa énergiquement.

— Y pensez-vous ? se récria-t-elle, je n'aurais qu'à rencontrer là quelque connaissance de mon oncle ou de Prosper, et nous serions perdus...

— Mais, objecta Maurice, la pluie redouble... Avant que vous n'ayez gagné Annecy, vos vêtements seront traversés... Je ne peux pas vous laisser dehors par un temps pareil, et d'ailleurs, comment expliquerez-vous le désordre dans lequel vont vous mettre la pluie et la boue ?...

Elle s'était enveloppé la tête dans son châle, et du fond de ce capuchon improvisé ses yeux humides regardaient le professeur avec une expression anxieuse.

— Vous avez raison, murmura-t-elle; que faire ?

Il ne savait plus trop à quoi se résoudre et perdait tout sang-froid sous l'agacement de la pluie battante :

— Écoutez, reprit-il, je demeure tout près d'ici, chez un jardinier... La maison est isolée, il fait sombre et, encapuchonnée comme vous l'êtes, vous ne risquez pas d'être reconnue. Voulez-vous vous réfugier chez moi ?... Vous aurez le temps de vous sécher au coin de mon feu, car il n'est que quatre heures et demie...

Elle réfléchit à peine. — Par cette averse ruisselante, c'était en somme le seul expédient possible, — et puis, au fond, elle éprouvait une secrète satisfaction de ne point quitter encore le professeur et de pénétrer avec lui dans l'appartement qu'il habitait.

— Allons où vous voudrez ! répondit-elle en se remettant à marcher...

Ils coururent sous l'averse et parvinrent à un enclos séparé du chemin par une haie vive. Au fond de ce jardin, à la fois maraîcher et fleuriste, on distinguait la maison d'habitation, — une sorte de chalet tapissé de glycines, auquel on accédait par une longue tonnelle de vigne. — Le mauvais temps avait claquemuré les jardiniers chez eux; de sorte que Françoise, ainsi que l'avait

supposé Maurice, put gravir l'escalier inaperçue.
Le professeur se hâta de l'introduire dans la
chambre qui lui servait de cabinet de travail.

Tandis qu'il échafaudait des sarments et des
bûches dans la cheminée et se mettait en devoir
d'allumer le feu, Françoise, encore étourdie de la
course, restait debout au milieu de la pièce, dont
elle examinait la physionomie déjà assombrie par le
jour déclinant:—les murs étaient tapissés de livres
rangés sur des rayons de sapin; le mobilier, très
sommaire, se composait d'une table-bureau chargée de paperasses, de deux chaises et d'un vieux
divan tendu d'indienne. — Pendant cette inspection, le cœur de Françoise battait et un obscur
émoi la prenait à la pensée de ce tête-à-tête
aventureux, ménagé par le hasard. — « Que va-
t-il se passer?... » se demandait-elle, agitée à la fois
par une perverse curiosité et un frisson de toute sa
chair... Bientôt le feu pétilla, un jet de flamme
promena des ombres dansantes sur les rideaux
tirés et les livres de la bibliothèque. Encore enveloppée de son châle, la jeune fille était venue
s'appuyer à la tablette de la cheminée; elle tendait vers la flamme ses bottines humides et commençait à se réchauffer. Maurice avait poussé le
divan en face de l'âtre; il jeta une nouvelle bûche
sur les chenets, et agenouillé près de Françoise,
il la contemplait, éclairée de bas en haut par la

lueur du brasier. La flamme sautillante mettait en lumière tantôt la cambrure de la taille, tantôt l'ondulation de la poitrine légèrement agitée, tantôt le scintillement des yeux aux cils mouillés.

Le professeur tâta discrètement l'ourlet de la jupe.

— Pauvre enfant, dit-il, votre robe est trempée.

Il se redressa et lui prit les mains.

— Vous êtes glacée, continua-t-il, asseyez-vous et chauffez-vous.

Elle demeurait immobile en face de lui et souriait vaguement.

— Attendez, balbutia-t-elle enfin avec un tremblement dans la voix, mon châle aussi est trempé, et il faut que je le fasse sécher.

Elle dégagea ses mains et s'occupa de se désencapuchonner; impatiente et nerveuse, elle ne réussissait pas à se débarrasser du châle dont la frange s'était accrochée à l'une de ses épingles à cheveux. Maurice passa derrière elle pour lui venir en aide; mais, très énervé lui-même, il s'y prenait mal et risquait de la décoiffer. — Françoise se retourna, sourit, et leurs regards se croisèrent, irrésistiblement attirés. Leurs visages se touchaient presque. Maurice, perdant la tête, referma ses bras sur la poitrine de la jeune fille; leurs lèvres se rencontrèrent et ne se quittèrent plus...

La surprise fut complète, violente, aveuglante

comme la pluie d'orage qui les avait contraints
à se réfugier dans cette chambre hermétique-
ment close, confusément éclairée, où l'on n'entendait que le pétillement des bûches et le mur-
mure étouffé des caresses. — Quand Maurice, le
premier, reprit possession de lui-même, il fut à la
fois consterné, honteux et irrité de la mauvaise
action qu'il venait de commettre. Françoise éclata
en sanglots :

— Ah! gémit-elle, qu'avons-nous fait et qu'allez-
vous penser de moi?

Elle pleurait, la figure cachée dans les coussins.
— Maurice avait le cœur sensible. Il n'était pas
de ceux qui, une fois le caprice satisfait, traitent
avec une égoïste dureté la femme qui s'est abandonnée à eux. Touché de repentir et de pitié, il
prit Françoise dans ses bras et l'y berça doucement en cherchant à la rassurer.

— J'ai honte, répétait-elle en se couvrant la
figure de ses mains, j'ai honte!... quelle opinion
aurez-vous de moi?

— Pardon, chère enfant! murmurait-il, c'est
moi seul qui suis coupable... Pardon!

Il écartait les deux mains de l'éplorée, il baisait
lentement ses yeux mouillés, ses lèvres gonflées,
et sous ces caresses, Françoise, ranimée et grisée,
devenait à son tour impétueusement passionnée
et démonstrative.

— M'aimez-vous... au moins? soupira-t-elle en levant vers lui ses regards brûlants...

Le jour était tout à fait tombé. Maurice dut rappeler à Françoise qu'il fallait songer au départ. — Machinalement, silencieusement, avec une langueur dans tout le corps, elle répara le désordre de sa toilette; puis elle se cacha la tête dans son châle et il la reconduisit jusqu'au seuil du jardin.

— Adieu! chuchota-t-il en effleurant sa joue d'un dernier baiser... A lundi!

— Lundi! balbutia-t-elle, comment vivrai-je jusque-là?... Oh! comment pourrai-je regarder Claudia en face?...

Et tous deux se séparèrent, contents de cacher dans la nuit leur confusion, leur angoisse et leurs remords.

XI

RANÇOISE marchait d'un pas allongé
sur le chemin qui va de l'Hôpital à
Annecy. Elle entendit six heures
moins un quart sonner à Notre-Dame et précipita
sa course, espérant bien être rentrée à temps pour
changer de robe avant l'arrivée de sa mère et de
son oncle. Mais elle comptait sans un des mé-
chants tours de cet imprévu qui dérange à chaque
instant nos combinaisons les plus prudentes. Au
moment où elle débouchait sur la place Saint-
François, elle se croisa avec le *char* qui ramenait
des Grangettes Prosper Baduel et l'oncle César.
Un bec de gaz allumé à l'angle de la place permit
à ce dernier de reconnaître sa nièce dans cette

jeune personne essoufflée qui tournait précipitamment le coin de la rue. Avant que Françoise pût atteindre le seuil de la maison, la voiture l'avait devancée, et M. Dumoulin, sautant à bas du siège, l'interpellait :

— Ho! Françoise, d'où viens-tu si tard?...

— Je suis allée chez la blanchisseuse, répondit-elle sans réfléchir, et j'ai été prise par la pluie.

— Mais, répliqua César en la dévisageant, ta blanchisseuse demeure à Albigny et tu arrives par le côté opposé... Comment ne t'avons-nous pas aperçue sur la route?

La jeune fille se déconcertait :

— C'est que, balbutia-t-elle, j'ai profité de ma sortie pour faire une seconde course.

— Hum! grogna M. Dumoulin en l'enveloppant d'un regard soupçonneux; enfin!... va te changer, car tu es crottée jusqu'à l'échine!

Elle se hâta de gagner sa chambre, répara le désordre de sa toilette et redescendit juste à l'heure où la famille s'attablait dans la salle à manger. Tout angoissée, elle ne se rassura un peu qu'en constatant que le large abat-jour de la lampe laissait les têtes dans la pénombre. Elle s'imaginait qu'on devait voir sur sa figure la trace des baisers de Maurice, et, le front penché sur son assiette, elle craignait à la fois les yeux questionneurs de Claudia et le regard perçant de sa mère.

Elle tremblait que cette dernière, mise au courant de sa rencontre avec l'oncle César, ne la soumît à un interrogatoire périlleux, et elle se demandait comment elle pourrait le subir sans se troubler. Heureusement M. Dumoulin restait muet; il se bornait à étudier curieusement la contenance de Françoise, qui pâlissait en sentant d'instinct les yeux clairs de César fixés sur elle. La conversation roula pendant toute la soirée sur les Grangettes et sur la récolte des pommes de terre; et, comme chacun était fatigué de sa journée, on se sépara de bonne heure.

Lorsque les deux jeunes filles se retrouvèrent dans leur chambre:

— Tu as été trempée, ma pauvre Fanchon! dit Claudia à sa sœur en lui posant affectueusement la main sur l'épaule; pourvu que tu n'aies pas attrapé de mal?

Françoise tressaillit au contact de la main de Claudia. Les caresses de sa sœur lui redonnaient plus vivement le sentiment de son indignité.

— Non, répondit-elle étourdiment, je me suis séchée.

— Séchée!... Comment as-tu pu te sécher là-bas?

— Je veux dire, murmura-t-elle en se détournant pour cacher son trouble, que j'ai eu le temps de me sécher en rentrant... Tiens, voici la

lettre de M. Tournyer, ajouta-t-elle en lui remettant le billet de Maurice.

En même temps une rougeur lui monta aux
joues à la vue de l'enveloppe froissée qui semblait comme un témoin accusateur.

— Ne viens-tu pas lire sa lettre avec moi?
demanda Claudia.

— Non, je suis très lasse et je vais me coucher... Bonsoir!

Elle se déshabilla hâtivement, tandis que
Claudia déchirait l'enveloppe, non sans s'étonner
de l'incuriosité de sa sœur.

Celle-ci s'était vite enfoncée dans son lit, et, le
visage tourné du côté du mur, feignait de dormir,
bien qu'elle n'en eût nulle envie. Ses tempes battaient, son front et ses joues brûlaient, un frisson
de fièvre agitait ses membres courbatus. Par
moments elle cherchait à se persuader que tout
ce qui lui était arrivé depuis l'après-midi n'était
qu'un rêve; mais son corps endolori lui rappelait
brutalement la réalité de l'irrémédiable chute.
Dès que ses yeux se fermaient, elle se retrouvait
dans la chambre bien close du chalet, elle entendait le crépitement des bûches flambantes; elle
revoyait les dessins à ramages du divan d'indienne, et sur ses cheveux, sur son cou, sur ses
lèvres elle sentait les audacieux baisers de Maurice. — Quelle révolution s'était opérée en elle

depuis qu'elle avait passé le seuil de ce cabinet
de travail, où la flamme du foyer faisait danser de
mystérieuses ombres sur les livres et sur les
rideaux!... Comment avait-elle pu s'abandonner
si rapidement, dès la première caresse, dès le premier regard, sans être arrêtée ni par le souci de
sa personne, ni par le sentiment de la noire trahison qu'elle commettait à l'encontre de Claudia?... Elle ne se rendait plus compte de rien.
Elle se disait seulement que cet abandon avait été
délicieux; — si délicieux que, pour en goûter
encore l'ivresse ensorcelante, Françoise n'eût pas
hésité à retomber dans les bras de son séducteur.
Quant à Claudia qu'elle venait de tromper indi-
gnement, quant à l'avenir qui pouvait amener de
graves et cruelles complications, elle n'y voulait
pas penser; — ou plutôt la fièvre momentanée
qui brouillait étrangement les idées dans son
étroite cervelle l'empêchait d'y penser.

Lorsque sa sœur, après avoir lu et relu la
lettre de Maurice, se décida à éteindre sa lumière
et commença de s'assoupir, Françoise éprouva
d'abord un soulagement. Elle n'avait plus à
craindre que Claudia s'aperçût de la fébrile agitation qui la secouait. Mais bientôt, sous l'influence des ténèbres, son imagination lui fit
entrevoir, en les grossissant, certaines éventualités auxquelles elle n'avait pas songé tout

d'abord. Si médiocrement cultivée qu'elle fût, elle n'était pas ignorante. Les libres propos tenus devant elle par des servantes, la lecture des feuilletons et des faits divers dans les journaux de la localité, lui avaient ouvert l'esprit sur les suites possibles d'une faiblesse comme celle à laquelle elle venait de succomber. — Elle avait donné à Maurice ce qu'une honnête fille réserve à son mari; qu'arriverait-il si elle subissait le sort des femmes mariées?... Si?... Non, un moment d'égarement ne pouvait avoir de si soudaines et terribles conséquences! — Toute frissonnante, elle repoussa une pareille supposition. — A dix-huit ans, on possède encore une aveugle confiance dans le hasard; on espère volontiers qu'on sera personnellement exempt des infortunes qui ont été le lot des autres. Les âmes enfantines répugnent autant à croire à l'imminence d'un grand malheur qu'à penser à la possibilité de la mort. — Néanmoins, le tour qu'avaient pris subitement les réflexions de Françoise détermina en elle un redoublement de surexcitation. Elle avait les mains glacées, la bouche sèche, la tête en désordre. Peu à peu une autre terreur la saisit: — si, une fois endormie, elle allait rêver tout haut, comme cela lui arrivait lorsqu'elle avait la fièvre, et si Claudia, dont le sommeil était très léger, allait surprendre ainsi l'aveu de sa faute et de sa

trahison?... Elle résolut de ne pas fermer les
yeux; pendant une partie de la nuit elle lutta
contre l'engourdissement qui parfois s'emparait
d'elle et qu'elle s'efforçait de secouer. Ce fut
seulement aux premières pâleurs du matin qu'elle
succomba à la fatigue et s'endormit d'un sommeil de plomb.

Juste au moment où elle commençait à reposer, César Dumoulin, réveillé par une idée fixe
qui lui trottait dans le cerveau depuis le soir,
quittait son lit et procédait à une matinale toilette. Les réponses de Françoise lui avaient
semblé louches et il voulait tirer au clair un
soupçon qui lui était venu. Il descendit sans bruit,
ouvrit une petite porte qui mettait l'arrière-
magasin en communication avec le quai, et, s'es-
quivant en sourdine, gagna de son pied léger
Albigny, où demeurait la blanchisseuse dont lui
avait parlé sa nièce. — Une demi-heure après, il
était fixé : cette femme, interrogée adroitement,
avouait que depuis quinze jours elle n'avait pas
vu Françoise, et l'oncle César s'en revenait à
Annecy, le sourcil froncé, la mine furibonde. —
Pour sûr, on s'était joué de lui!... Ce n'était pas
assez que l'aînée lui résistât effrontément, il fallait
aussi que la cadette se mêlât de lui désobéir?...
car il devenait évident qu'elle prenait le parti de
Claudia et servait d'intermédiaire à une corres-

pondance clandestine... Les deux sœurs s'enten-
daient comme larrons en foire... Jolie éducation!...
Mais, patience, il n'était pas un oncle de comédie
et il allait leur montrer de quel bois il se chauf-
fait!...

Lorsqu'il rentra au magasin, Mme Tavan était
déjà à la caisse avec Claudia. Dès que M. Dumoulin montra sa figure courroucée dans l'encadrement du guichet, la veuve comprit qu'un orage
grondait. Sur un signe de César, elle se leva et le
suivit dans l'arrière-magasin. Quand une fois il
eut refermé la porte au verrou, le négociant se
planta, les bras croisés, en face de sa sœur et
lâcha un juron :

— Tonnerre de Dieu! madame Tavan, je te
fais mon compliment de la manière dont tu as
élevé tes deux péronnelles!

— Qu'y a-t-il, César? demanda la veuve scan-
dalisée.

— Il y a que tes filles ne valent pas mieux l'une
que l'autre... Tandis que l'aînée fait les beaux bras,
à la caisse, et prend des airs de sainte-nitouche,
la cadette court la pretantaine et porte les billets
doux de Claudia à ce vaurien de professeur!

— César, es-tu fou? se récria Mme Tavan.

— Je ne suis ni fou ni aveugle, répliqua-t-il, et
voici ce que j'ai vu... Hier, lorsque je rentrais des
Grangettes, j'ai rencontré Françoise qui accou-

rait, crottée comme un barbet; je l'ai questionnée et elle m'a répondu qu'elle venait de chez la blanchisseuse. Je n'ai rien dit, n'étant sûr de rien; mais ce matin je suis allé à Albigny et la blanchisseuse m'a ri au nez... Françoise n'a pas mis les pieds chez elle depuis quinze jours... Tes filles se moquent de nous, la cadette est la complice de l'aînée, et c'est ce qui explique l'obstination de Claudia!...

— C'est bon, grommela la veuve, dont la colère empourprait le visage; je vais leur laver la tête!

— Minute! s'écria l'oncle César en la retenant par le bras, les meilleures besognes sont celles qu'on expédie sans bruit... Tes filles sont de fines mouches; si tu as une explication avec elles, elles nieront tout, puis elles inventeront un nouveau truc pour se jouer de nous et correspondre avec le professeur...

— Que veux-tu que je fasse, alors?

— C'est bien simple... A partir de ce matin, je resterai à la caisse en compagnie de Claudia. Quant à toi, tu vas remonter là-haut... Tu tiendras désormais ton ménage et tu ne quitteras pas Françoise d'une semelle... Sans demander ni donner d'explications à personne, tu te borneras à avoir l'œil sur la cadette comme j'aurai l'œil sur l'aînée.

La veuve haussa les épaules :

— Elles se douteront toujours de quelque
chose !

— Possible... Tu les laisseras se morfondre
dans leurs doutes... L'incertitude où elles seront
les rendra plus circonspectes... D'ailleurs, Françoise ne pouvant sortir qu'avec toi et Claudia
étant chambrée à la caisse, elles se lasseront vite
de ce régime et finiront par demander grâce.

Mme Tavan convint que son frère pouvait avoir
raison, et sur-le-champ on exécuta le programme
de l'oncle César. Celui-ci vint prendre place à la
caisse à côté de Claudia, tandis que la veuve
remontait chez elle et signifiait à Françoise que,
pour des motifs de santé, elle était résolue à
mener une vie plus active et à s'occuper elle-
même, dorénavant, de tous les détails de son
intérieur.

— Cela vaudra mieux pour tout le monde !
ajouta-t-elle sévèrement.

Ce fut la seule réflexion par laquelle elle trahît
ses soupçons, mais cette simple phrase suffit
pour alarmer Françoise et lui donner le frisson.
Pendant toute la journée, la surveillance de
Mme Tavan ne fut pas en défaut une minute ; elle
accompagna sa fille cadette chez les fournisseurs
et resta près d'elle jusqu'au souper. A dix heures,
quand les jeunes filles regagnèrent leur dortoir,

Françoise était excédée et énervée; Claudia, de son côté, très tourmentée, avait hâte de questionner sa sœur.

— Qu'est-il donc arrivé? demanda-t-elle dès qu'elles se furent enfermées.

— Chut! répondit Françoise en accrochant une jupe à l'olive de la porte, de façon à masquer le trou de la serrure; ils sont capables de monter pour nous espionner... Viens au fond de la chambre et parlons bas... Mon oncle m'a rencontrée hier au moment où je rentrais, et je crois qu'il se doute de quelque chose... Voilà probablement pourquoi maman a quitté le magasin... Elle est restée sur mon dos toute la journée et elle m'a avertie que je ne sortirais plus sans elle...

— O ma pauvre Fanchon, dit Claudia désolée, te voilà compromise par ma faute!

— Ne t'inquiète pas de moi! répliqua brusquement Françoise; comment t'y prendras-tu maintenant pour informer M. Tournyer de ce qui se passe?

Claudia secouait silencieusement les épaules d'un air découragé, tandis que des larmes lui montaient aux yeux.

— Surveillée comme je vais l'être, continua la cadette, il me sera impossible de jeter une lettre à la poste... Mais nous pourrions mettre Philomène dans nos intérêts et la charger de notre correspondance...

— Y penses-tu, protesta Claudia, confier mon secret à une domestique ?... Jamais !

— Il faut pourtant que Maurice soit prévenu, insista Françoise avec humeur.

— Il faut avant tout que tu ne sois pas exposée à des soupçons injustes et que nous ne soyons pas à la merci d'une servante.

— Mais que pensera M. Tournyer ? objecta Françoise, irritée de la résignation de sa sœur et plus préoccupée de sa propre situation que des scrupules de Claudia.

— Maurice comprendra que, si je garde le silence, c'est contre ma volonté... Il a en moi la même confiance que j'ai en lui ; il saura attendre patiemment, comme moi, l'époque prochaine où nous pourrons nous aimer au grand jour...

Cette réponse exaspéra la passion jalouse de Françoise. L'énergie avec laquelle Claudia affirmait l'amour immuable de Maurice sonnait comme un défi aux oreilles de la sœur cadette. Elle se sentait devenir mauvaise. Un moment elle fut tentée de rabattre l'orgueilleuse sécurité de son aînée en se vantant d'avoir triomphé de cette fragile fidélité dont celle-ci se montrait si fière. La crainte d'un éclat la retint, et elle se borna, en tournant le dos à sa sœur, à répliquer sur un ton sarcastique :

— Tu es bien sûre de lui ?... Tant mieux pour toi !

Claudia, choquée, la regarda d'un air réprobateur.

— Françoise, murmura-t-elle, en vérité, je ne te reconnais plus !... quelle mouche te pique ?

Mais Françoise ne répondit pas. Elle se dévêtait avec une hâte nerveuse et se couchait sans ajouter un mot, — tourmentée à la fois par sa jalousie et par le chagrin que lui causait la quasi-certitude d'être réduite à cesser toute relation avec Maurice.

Ce dernier, après avoir attendu une lettre pendant toute la semaine, se rendit le lundi suivant à la fontaine du Marquisat, dans une pénible situation d'esprit. Il souhaitait de voir Françoise afin d'entendre parler de Claudia, et en même temps il redoutait de se retrouver en face de celle qui avait été la complice d'une impardonnable infidélité. Ayant plus de raison et plus de conscience que Françoise, il ressentait autrement qu'elle l'énormité de la faute commise. — Non seulement il avait abusé de la faiblesse d'une fille étourdie, mais il s'était rendu coupable envers Claudia d'une mortelle et irrémissible injure. La facilité avec laquelle Françoise avait succombé et la banale vulgarité de cette chute faisaient encore

mieux ressortir à ses yeux le charme pur, l'adorable candeur de Claudia. C'était la seule jeune
fille qui lui eût inspiré une vive tendresse, et la
seule à laquelle il se sentît capable de s'attacher
solidement. Tout en allant et venant dans le sentier de la Puya, il fixait un regard craintif sur le
tournant de la route et tremblait d'y voir apparaître Françoise. Il se sentait incapable d'adresser
à cette dernière une parole sincèrement tendre,
et plus incapable encore de jouer avec elle la
comédie du sentiment. Et cependant elle allait
venir à lui, abusée par les faux-semblants d'amour
qu'il lui avait prodigués la semaine d'avant, et
avide sans doute de nouvelles caresses. — Non,
il n'aurait certes pas la scélératesse de la leurrer
davantage; il lui avouerait courageusement la
vérité; mais alors que pourrait-il répondre aux
justes reproches, aux emportements de cette fille
passionnée et déçue?... Quelles scènes de larmes
et de violence serait-il obligé de subir?... Qui sait
s'il ne se laisserait pas entraîner à une seconde
faiblesse et à une rechute?...

Son état de malaise était tel, qu'il éprouva un
indicible soulagement quand, après une heure
d'attente, le jour étant tout à fait tombé, il acquit
la certitude que Françoise ne viendrait pas au
rendez-vous. Cette allégeante satisfaction fut si
intense qu'elle l'empêcha tout d'abord de se

demander par suite de quels incidents Claudia n'avait pas écrit, et Françoise s'était abstenue de paraître. Mais en rentrant chez lui et en rapprochant ce rendez-vous manqué du mutisme persistant des deux jeunes filles, il trouva qu'il y avait là une coïncidence singulièrement inquiétante et il commença de s'alarmer.

Que s'était-il passé chez les Tavan ? Pendant cette promenade à la Puya, Françoise avait-elle été aperçue par quelque passant indiscret qui en avait informé Mme Tavan ou l'oncle César ? — La jeune fille, cédant à un mouvement de repentir ou prise de frayeur, avait-elle confessé sa faute ? Claudia avait-elle deviné la trahison et arraché un aveu à sa sœur ? — Toutes ces éventualités étaient possibles et toutes angoissaient également Maurice Tournyer. — Il se rendit le lendemain, très enfiévré, au collège. A chaque instant, pendant la durée de la classe, il trembla d'être appelé dans le cabinet du principal, et là, d'apprendre qu'une plainte de la famille Tavan allait déterminer sa révocation. A la sortie, il étudia à la dérobée les figures de ses collègues, cherchant à y surprendre un sourire équivoque ou une marque de réprobation. Mais les visages gardaient leur placidité ordinaire et la journée s'acheva sans encombre. Alors il s'enhardit et traversa deux fois la place Saint-François. Là encore, rien d'insolite.

Le *Fil de la Vierge* avait sa physionomie ordinaire; des clients entraient ou sortaient d'un air indifférent; la même activité régnait dans le magasin. Il longea la devanture, espérant avoir la chance d'entrevoir Claudia par les interstices de l'étalage; mais il ne distingua que le profil perdu de Prosper Baduel aunant une pièce de toile, — et il regagna le Marquisat, avec le même poids douloureux sur la conscience.

Une nouvelle semaine se passa sans qu'aucun incident fâcheux se produisît, et ses craintes diminuèrent. — Il était évident que, si quelque alerte fût survenue chez les Tavan, il en eût déjà été averti par la rumeur publique ou même par une plainte adressée à ses supérieurs. Si étrange que fût le silence des deux sœurs, c'était du moins un indice qu'aucun esclandre n'avait eu lieu. — Toutefois, si la crainte d'un scandale était écartée, la situation n'en restait pas moins périlleuse et presque désespérée. Maurice se disait que son mariage avec Claudia devenait, par sa faute, un rêve désormais irréalisable. En supposant que la jeune fille ne se doutât de rien et ne changeât point de sentiment, pourrait-il, lui, honnêtement réclamer l'accomplissement d'une promesse qu'il avait, pour sa part, si mal tenue? Accepterait-il de devenir le beau-frère de la fille qu'il avait séduite?... Non, ce serait plus que

déloyal, cela ressemblerait presque à un inceste !
Quelles que fussent les dispositions de Claudia,
quelque puissant que fût le charme qui l'attirait
vers elle, l'honneur l'obligeait à renoncer à ces
beaux projets de bonheur domestique qui avaient
fait l'enchantement de quelques mois de sa vie
La faute commise avait creusé entre lui et Claudia
un abîme large et profond comme une mer; il
restait, lui, sur les grèves plates et nues de la rive
et il était condamné à voir s'éloigner à jamais
son unique rêve d'amour.

Sur ces entrefaites, il reçut une lettre d'un ami
qu'il avait au ministère et qui l'instruisait du
succès de ses démarches. La direction de l'ensei-
gnement secondaire avait pris la demande de
Maurice en considération, et, à partir du mois de
décembre, il devait être chargé du cours de quatrième au lycée de Grenoble. — Cette nouvelle,
qui l'eût comblé de joie six mois auparavant, le
laissa indifférent. La nomination annoncée lui
permettait, à la vérité, de s'éloigner d'Annecy
dont le séjour lui devenait insupportable; mais
elle ne guérissait pas les blessures qu'il avait faites.
Françoise n'en était pas moins séduite, Claudia
n'en était pas moins trahie; et à Grenoble comme
à Annecy, il ne traînerait pas moins lourdement
le poids de sa mauvaise action...

XII

DANS la maison du *Fil de la Vierge*, la tranquillité d'âme ne régnait pas plus qu'au chalet du Marquisat. Mme Tavan ne se relâchait pas une minute de sa rigoureuse surveillance, accompagnant Françoise chez les fournisseurs et ne sortant jamais sans l'emmener avec elle. Le dimanche, les deux sœurs assistaient aux offices sous l'œil de leur mère; puis, après les vêpres et par mesure hygiénique, la veuve les promenait silencieusement dans des endroits peu fréquentés où l'on n'avait chance de rencontrer aucun flâneur: sur la route solitaire de Chambéry ou dans la mélancolique avenue de Loverchy. — Françoise et Claudia n'étaient rendues à elles-mêmes et ne jouissaient d'un peu de liberté d'esprit que lorsqu'elles regagnaient à dix heures leur dortoir commun. Mais là encore, une sorte de mystérieuse contrainte remplaçait maintenant les intimes épanchements d'autrefois. A mesure que les jours se succédaient, Claudia constatait dans les façons et les paroles de sa sœur une étrange modification. Le caractère de la jeune fille semblait s'être aigri ; son insoucieuse et frivole bonne humeur avait disparu pour faire place à une susceptibilité excessive. Son visage lui-même subissait une inquiétante transformation : ses traits se tiraient, le tour de ses lèvres et de ses narines blêmissait, ses yeux avaient un éclat dur et quasi farouche. Lorsque Claudia cherchait à réveiller chez elle la confiante affection accoutumée, lorsque surtout elle essayait de parler de Maurice Tournyer, elle se heurtait à une résistance maussade, elle était blessée par une expression de méfiance ou par des paroles agressives qui la décourageaient. A propos d'un rien, Françoise se hérissait, s'emportait, et son irritation, qui allait jusqu'à déterminer des crises de larmes, forçait Claudia à rompre l'entretien. Elle se retirait froissée et commençait à se demander avec effroi si Françoise ne devenait pas jalouse de son amour pour Maurice.

Cette dernière était en effet en proie à de nouvelles agitations ; elle avait de sourds bouillonne-

ments de colère en entendant sa sœur parler de
M. Tournyer avec cette inébranlable et sereine
tendresse de la femme qui aime et se croit seule
aimée; mais à ces accès de jalousie qu'elle était
obligée de contenir, se mêlaient aussi peu à peu
des préoccupations plus angoissantes, qui contri-
buaient à accroître son irritabilité nerveuse.

Trois semaines déjà s'étaient écoulées depuis
sa visite au chalet du Marquisat, et depuis quelques jours elle remarquait en elle des désordres
inquiétants : sa robuste santé paraissait s'altérer;
elle souffrait de névralgies; elle avait de subites
fringales, puis tout d'un coup perdait l'appétit
au point que la vue de certains aliments provoquait chez elle de désagréables nausées. Des
haut-le-cœur la prenaient au saut du lit et elle
éprouvait des vertiges qui allaient parfois jusqu'à
la syncope. La persistance de cet état maladif la
terrifia. Elle avait entendu dire que c'étaient là
les symptômes de la grossesse commençante, et
de soudaines chaleurs lui montaient au visage,
lorsqu'elle réfléchissait à la possibilité d'une pareille catastrophe. Pourtant elle n'y voulait pas
croire; il lui semblait inadmissible que le ciel la
punît si cruellement d'un moment d'oubli. Elle
attendait encore avant de s'épeurer, espérant toujours que quelque signe rassurant viendrait dissiper ses craintes. — Obligée de faire bonne con-

tenance devant sa famille, il lui tardait de se retrouver dans l'obscurité de la nuit. Elle se hâtait de se coucher, répondant à peine aux questions de sa sœur; puis, une fois la lumière éteinte, elle s'abandonnait désespérément à ses angoisses et à ses terreurs. Elle se tâtait tout le corps, supputait, se torturait l'esprit et, très avant dans la nuit, restait éveillée, frissonnante, attendant toujours et se raccrochant fébrilement à une dernière et de plus en plus faible espérance.

Une semaine passa; son attente fut trompée. Maintenant cette éventualité qu'elle repoussait comme inadmissible, prenait à ses yeux un caractère de navrante certitude. Un matin, elle se leva chancelante, s'habilla comme dans un rêve et descendit en s'efforçant de contenir ses larmes. Elle se sentait irrémédiablement perdue. Dans son ignorance des choses, elle s'imaginait que la conséquence de sa faute deviendrait promptement visible. Et alors, qu'arriverait-il ? La seule pensée d'être obligée de tout avouer à sa mère la cloua paralysée et défaillante sur les marches de l'escalier. — Seul, Maurice pouvait la sauver du désastre qui la menaçait, et elle projeta de lui écrire pour le supplier de réparer le mal qu'il avait causé. Mais quand elle songea aux moyens d'exécuter son projet, elle se heurta à de nouvelles difficultés. Pendant le jour, la continuelle

présence de sa mère était un obstacle à toute correspondance clandestine; d'ailleurs, il fallait se
procurer de l'encre et du papier, et la papeterie
qui servait aux deux sœurs était dans un tiroir
dont Claudia gardait la clef; enfin, il serait nécessaire de s'assurer la complicité de Philomène et
par conséquent de se mettre à la discrétion de
cette fille. — Françoise résolut d'attendre la nuit
et de profiter du sommeil de Claudia pour s'em-
parer de la papeterie. Une fois en possession des
moyens matériels de correspondre avec Maurice,
elle trouverait bien l'occasion de griffonner en
hâte un appel désespéré à l'homme qui l'avait
compromise.—Cette façon d'envisager les choses
lui donna un peu de calme et elle put vaquer aux
soins du ménage avec assez de sang-froid pour
ne pas attirer l'attention de Mme Tavan sur l'altération de ses traits.

Le soir, après le souper, l'oncle César, qui
s'était accoudé à proximité de la lampe pour par-
courir le *Journal des Alpes*, poussa, au milieu de
sa lecture, une exclamation qui fit lever la tête à
Mme Tavan; alors, silencieusement, il lui tendit
la feuille locale, en lui désignant d'un coup
d'ongle un certain paragraphe. Quand la veuve
eut pris connaissance du passage signalé, les yeux
du frère et de la sœur s'arrêtèrent simultanément
sur Claudia qui leur tournait le dos, et Françoise

fut frappée de l'éclair de satisfaction qui illumina un instant leurs deux visages. La curiosité de la jeune fille fut soudain excitée. — Assurément, les *Alpes* contenaient quelque nouvelle particulièrement intéressante pour la famille; peut-être même concernait-elle Maurice Tournyer? — Quand, à l'heure du coucher, l'oncle César passa à la cuisine pour allumer son bougeoir, Françoise s'empara du journal que le négociant avait soigneusement replié et posé sur le buffet; puis elle l'enfouit dans sa poche.

Depuis quelques jours, à la suite des froissements causés par les étranges accès d'humeur de Françoise, les deux sœurs n'échangeaient plus que des paroles insignifiantes. L'aînée se hâta de se coucher, tandis que la cadette traînait longuement sa toilette de nuit. Bientôt, la respiration égale et douce de Claudia indiqua qu'elle commençait à s'endormir. Françoise résolut d'attendre que ce sommeil fût plus profond pour ouvrir le tiroir qui contenait la papeterie; afin d'occuper ce moment d'attente, elle tira doucement le journal de sa poche et y chercha le paragraphe qui avait éveillé l'attention de M. Dumoulin. Le coup d'ongle de César, nettement marqué sur le papier, lui permit de retrouver bien vite le passage intéressant, et voici ce qu'elle lut au bas d'une colonne de la première page :

« Par arrêté de M. le ministre de l'Instruction publique, en date du 10 de ce mois, M. Maurice Tournyer, professeur de rhétorique au collège d'Annecy, a été chargé du cours de quatrième au lycée de Grenoble. »

Les yeux de Françoise se troublèrent et il lui sembla que tout tournait autour d'elle. Elle songea qu'on était au 18 novembre; ignorant la lenteur des procédés administratifs, elle crut que le professeur était déjà parti pour sa nouvelle résidence, et le cœur lui manqua.

Décidément, la mauvaise chance s'acharnait après elle. Dans la détresse où elle se trouvait, le seul protecteur sur lequel elle crût pouvoir compter quittait la ville juste au moment où elle allait l'appeler à son aide. En supposant qu'une lettre lui parvînt, Maurice consentirait-il, maintenant qu'il était loin, à avouer sa complicité et à venir tout réparer ? — Françoise était aussi prompte à se décourager qu'à espérer; il lui semblait que l'éloignement devait inévitablement détacher le professeur de tout le passé d'Annecy et qu'il était à jamais perdu pour elle. Sa dernière planche de salut l'abandonnait, et elle se sentait couler dans le malheur comme au fond d'un gouffre épouvantable dont les eaux noires la submergeaient.

Alors, affolée, saisie d'une peur d'enfant, énervée à la fois par son état de santé et par la contrainte qu'elle s'était imposée tout le jour pour dissimuler son chagrin, elle froissa violemment le journal, le jeta sur le lit et tomba à genoux, en proie à une crise de larmes.

L'explosion de cette bruyante douleur réveilla Claudia en sursaut. Elle s'accouda sur son oreiller et crut rêver en voyant la bougie allumée et sa sœur affaissée au pied de sa couchette, les cheveux épars, la poitrine secouée par des sanglots.

— Effrayée, elle sauta hors du lit et vint s'agenouiller auprès de Françoise.

— Fanchon, demanda-t-elle avec effarement, qu'est-il arrivé? Pourquoi pleures-tu?

Mais la jeune fille, sans répondre, l'écartait avec un geste farouche et, renfonçant sa tête dans les couvertures, continuait à sangloter.

— Tu vas réveiller maman, reprit Claudia de plus en plus alarmée; je t'en prie, petite sœur, calme-toi, confie-moi tes peines!

Elle essayait de l'attirer vers elle; Françoise la repoussait en se débattant:

— Laisse-moi!... Je veux qu'on me laisse! gémissait-elle avec une sorte d'entêtement sauvage.

— Et les sanglots recommençaient.

Claudia ne se décourageait pas; elle l'entourait de ses bras, la soulevait peu à peu et la berçait doucement sur sa poitrine, avec des baisers.

— Voyons, Fanchon, continuait-elle tout bas,

sois raisonnable...; aie confiance en moi, qui
t'aime tant!... Es-tu fâchée?... Depuis quelque
temps tu as l'air de me bouder... Pourquoi?... Je
t'assure que si je t'ai chagrinée, c'est sans-le vouloir...

Elle l'embrassait de nouveau avec une tendresse
toute maternelle. — Sous ces chaudes caresses,
Françoise s'apaisait un moment. Cela lui faisait
du bien de se sentir appuyée contre cette poitrine
aimante. Sa faible nature déséquilibrée avait tant
besoin d'être soutenue par une affection solide, et
depuis un mois elle se trouvait si seule, si abandonnée!... Peu à peu, l'amitié d'autrefois se réveilla dans son cœur transi par la crainte et le
réchauffa. Mais, en même temps qu'elle était
détendue et comme amollie par cette amitié
renaissante, elle eut plus vivement conscience de
ses torts envers celle qui la serrait dans ses bras
et de la noire ingratitude dont elle avait payé sa
tendresse. La source des larmes se rouvrit et coula
plus amère.

— Pauvre Fanchon, chuchotait Claudia en la
câlinant, dis-moi ton chagrin, je t'en prie!

— Non, non! répondait plus faiblement Françoise, je... ne peux pas!

Dans un mouvement que fit la sœur aînée pour
asseoir sa cadette sur le bord du lit, elle aperçut
le journal oublié parmi les couvertures. Elle le

prit curieusement, y jeta un regard, et tout d'un coup le nom de Maurice Tournyer lui sauta aux yeux. Elle parcourut rapidement le paragraphe qui avait trait au changement de résidence du professeur, tandis que Françoise, suffoquée, retombait à genoux et sanglotait de nouveau, la tête dans les draps.

Claudia, sans comprendre encore la mystérieuse corrélation qui existait entre ce passage du journal et le chagrin de sa sœur, eut cependant l'esprit traversé par un doute étrange. Devenue plus pressante, elle attira vivement Françoise à elle, puis, visage contre visage, les yeux fouillant les yeux :

— Parle, dit-elle d'une voix sourde ; d'où te vient ce journal qui annonce le départ de Maurice, et quel rapport ce départ a-t-il avec tes larmes ?

Françoise se sentit perdue.

— Pardon ! balbutia-t-elle en détournant la tête.

Puis, tout à coup, secouée par le remords, obéissant à ce besoin de la confession qui s'agite au fond de toute créature humaine, elle éclata :

— Tiens, avoua-t-elle, je ne vaux rien... Je suis une mauvaise sœur, je t'ai trompée !...

— Trompée ? répéta Claudia qui ne comprenait pas encore ; explique-toi !...

— Oui, trompée... J'étais jalouse de toi... J'ai essayé de me faire aimer de Maurice..., et j'ai réussi.

Claudia lâcha la main de sa sœur et se recula abasourdie.

— Tu as fait cela, Françoise?

— J'ai fait pis... Tout ce qu'il a voulu... J'ai été sa maîtresse... chez lui.

Et d'un air égaré, comme quelqu'un qui parle dans la fièvre, elle contait tout : la promenade à la Puya, la pluie survenant, le tête-à-tête dans la chambre du Marquisat, la chute enfin, presque immédiate et sans une velléité de défense. — Claudia, indignée, ne la laissa pas achever :

— Tais-toi!... Tu es une malheureuse!

— Oh! oui, malheureuse!... Et plus que tu ne penses... Claudia!... Pardonne-moi!...

Elle s'était jetée aux pieds de sa sœur et essayait de lui prendre les mains, mais elle fut violemment repoussée :

— Ne me touche pas!... Je te méprise!... Que celui avec qui tu m'as trompée, que celui que tu m'as volé, se charge de te consoler!... Vous vous valez... Vous êtes aussi lâches l'un que l'autre!

— Claudia! sanglotait Françoise toujours agenouillée, aie pitié de moi... Je suis déjà assez punie!... Si tu savais?... Je... je crois que je suis enceinte!

C'était le dernier coup. — Claudia était allée

s'asseoir à l'autre bout de la chambre, et, atterrée, suffoquée de colère et de dégoût, les mains tordues l'une dans l'autre, elle répétait sourdement :

— Oh ! la malheureuse !... la malheureuse !...

— Claudia, gémissait Françoise en se traînant vers elle, je t'en supplie, ne me chasse pas... Si tu m'abandonnes, toi aussi, je suis perdue et je n'ai plus qu'à me jeter au lac... Claudia !

La sœur aînée s'était redressée avec irritation, et empoignant sa cadette par le bras, elle la poussait vers le lit :

— Assez ! commanda-t-elle durement, recouche-toi !... Demain, je te dirai ce que je pense... Ce soir, je souffre trop... Je ne peux pas !

Elle souffla la bougie et retourna à tâtons tomber sur sa couchette. — Pendant quelque temps, Françoise demeura immobile dans l'obscurité, puis, comme elle grelottait, elle prit le parti d'obéir et se recoucha. Le bruit de ses sanglots scandait encore le silence de la nuit, mais plus faiblement ; c'était comme le hoquet plaintif et brusquement syncopé d'un enfant épuisé à force d'avoir pleuré.

Claudia, accoudée sur ses genoux ramenés contre son buste, et tenant sa tête dans ses mains glacées, écoutait machinalement cette plainte convulsive qui allait s'atténuant. — Physiquement, elle avait la sensation aiguë d'une doulou-

reuse contraction au cœur et aux tempes; moralement, elle était anéantie. — Ses chagrins passés
ne lui semblaient plus rien auprès de la torture
qu'elle subissait. Certes, elle avait souffert lorsqu'on avait voulu la contraindre à épouser Baduel;
mais à ce moment-là, elle possédait le talisman
qui nous soutient dans toutes les épreuves, —
l'espérance. — Elle avait foi en l'homme qui,
pour elle, représentait l'idéal de la loyauté, de
l'honneur, de la tendresse; elle incarnait en lui
toutes ses romanesques illusions de jeunesse. Elle
ignorait la lâcheté et la perversité humaines. —
Maintenant le malheur lui assénait coup sur coup
et elle n'était soutenue par rien. — Les êtres
qu'elle avait le plus aimés la trahissaient: l'homme
dont elle avait fait un héros n'était qu'un séducteur vulgaire; la sœur qu'elle avait maternellement chérie se conduisait comme une fille des rues;
tous deux s'étaient bassement concertés pour la
duper; — et, comme si ce n'était pas assez de
cette boue, la faute de Françoise allait devenir
matériellement visible et couvrir de honte toute
une famille honorable... Claudia se sentait devenir haineuse et vindicative; des paroles d'exécra-
tion lui montaient aux lèvres pour maudire cette
créature inconsciemment dépravée qui, de gaîté
de cœur, venait de lui ruiner sa vie dans le passé
et dans l'avenir...

Par la fenêtre qui tachait d'une confuse lueur blafarde les ténèbres de la pièce, la jeune fille apercevait deux ou trois étoiles scintillant au fond du ciel glacé de novembre. Brusquement sa pensée se reportait à ces heures trop courtes, dans le verger des Grangettes et sur la route de Saint-Clair, où elle s'était trouvée si heureuse, où elle avait béni avec tant d'effusion le lever des étoiles. Aujourd'hui, ce pur souvenir lui-même était souillé par les hontes de l'heure présente. Peu à peu, sous l'impression de ce déchirant rapprochement, les yeux de Claudia, restés jusqu'alors secs et brûlants, se mouillèrent. Elle pleura, et, comme une mystérieuse puissance a accordé aux larmes le don d'alléger la souffrance humaine, un peu de l'âcreté de sa douleur s'écoula avec ces pleurs abondamment répandus. Le scintillement des petites étoiles, tout là-bas, lui arrivait maintenant brouillé et brisé à travers la rosée qui humectait ses paupières ; mais, par delà ce moite brouillard, elle revoyait le paysage des Grangettes qui lui était familier depuis des années et des années. Elle s'y retrouvait tenant par la main Françoise près de laquelle elle jouait le rôle de petite mère. La figure éveillée et rieuse de sa sœur lui réapparaissait parmi les ramures des groseilliers et des framboisiers qui bordaient les allées. — En ce temps-là, l'amitié qui les unissait était intacte et fervente; l'âme de Françoise était blanche et pure comme les narcisses qui fleurissaient çà et là dans l'herbe des prés... Et c'était pourtant cette même Françoise, si constamment aimée, si maternellement choyée, qui sanglotait à cette heure, — salie moralement et corporellement par une faute dont l'opprobre allait rejaillir sur toute la famille!... A mesure que les souvenirs d'enfance, doucement encadrés dans l'intime paysage des Grangettes, repassaient devant les yeux de Claudia, la colère s'assourdissait dans son cœur et la pitié y rentrait.

— Si coupable que fût Françoise, pouvait-on l'abandonner et la mettre dans le cas de se perdre encore plus complètement? Sans doute elle était impardonnable, mais Claudia elle-même n'avaitelle rien à se reprocher?... N'était-elle pas en partie responsable de ce désastre?... Imprudemment, égoïstement, elle avait poussé sa sœur à lui servir d'intermédiaire, sans réfléchir à quels dangers elle exposait une créature faible et inexpérimentée. Elle aurait dû mieux connaître le caractère de sa cadette et ne pas la jeter dans une aventure d'où elle pouvait sortir compromise.

— Actuellement le mal était fait, mais il n'était peut-être pas irrémédiable, et celle qui avait en quelque sorte été la cause première du péché devait chercher à sauver la pécheresse... Pour l'honneur de la maison autant que pour le salut

de Françoise, Claudia se sentait tenue en conscience de prendre en pitié la malheureuse et de
l'aider à se relever...

Le front dans les mains, elle réfléchit longuement, péniblement. Pendant cette navrante méditation, les heures de la nuit se succédaient. La
tache grise de la fenêtre blanchissait peu à peu, et
déjà dans la chambre le relief des objets s'accusait d'une façon plus précise. Un coq chanta
au loin d'une voix enrouée, la diane sonna au
fond des casernes voisines, l'*Angelus* égrena ses
neuf notes limpides dans les clochers des églises,
et le jour se leva.

Claudia avait quitté son lit et plongeait dans
l'eau fraîche sa figure brûlante; elle s'habilla rapidement. Quand elle eut terminé sa toilette, la
blafarde lumière du matin éclairait déjà crûment
le dortoir commun, et, en se retournant, la sœur
aînée sentit sa rancune la piquer de nouveau au
cœur à la vue de Françoise étendue et dormant
sur sa couchette. — L'animalité reprenait vite ses
droits dans cette nature sensuelle et inconsciemment égoïste!... Elle avait pu s'endormir, elle!...
malgré sa honte, ses angoisses et ses terreurs!...
Le frémissement convulsif et intermittent de son
corps sous l'enroulement des draps révélait seul
les agitations qui secouaient encore parfois la
pensée engourdie. Dans l'encadrement des che-

veux épars, le visage gardait la trace des dernières larmes qui s'étaient séchées pendant le sommeil.

Claudia secoua l'épaule de la dormeuse. Françoise ouvrit péniblement les yeux, reconnut sa sœur, et, avec le réveil, tout le souvenir de ses misères lui revenant à l'esprit, elle cacha sa figure dans ses mains.

— Écoute-moi! dit sévèrement l'aînée; tu resteras dans notre chambre aujourd'hui et j'annoncerai en bas que tu es souffrante... Je ne te pardonne pas... Je ne te pardonnerai jamais le mal que tu m'as fait, mais je songe aux autres et je vais essayer de te sauver...

— Oh! Claudia!... Claudia!... murmura Françoise que les sanglots recommençaient à suffoquer et qui cherchait à baiser les bras de sa sœur.

— Assez! interrompit durement Claudia en lui retirant ses mains; si tu souffres, cache-le, et puisque tu as pu mentir pendant des semaines, tâche de dissimuler encore jusqu'à mon retour!...

XIII

LAUDIA descendait lentement l'escalier qui conduisait au palier du premier étage. Presque à chaque marche elle s'arrêtait, — non par irrésolution : son parti était pris et elle n'hésitait plus ; — mais par suite d'un sentiment de défiance d'elle-même qui lui glaçait le sang. Elle craignait de ne pas réussir dans l'effort qu'elle allait tenter pour sauver sa sœur, et elle se recueillait afin de mieux s'affermir contre les résistances qu'elle pressentait. Cette longue nuit de veille et de souffrance l'avait brusquement mûrie. Pendant cette épreuve, elle avait passé par de si divers états d'âme : — stupéfaction, indignation, douleur aiguë et pitié résignée, — que chaque heure semblait l'avoir vieillie d'une année.

Elle était montée le soir, dans la chambre commune, portant avec elle le bouquet à peine épanoui de ses illusions, de ses adorations et de ses espérances de jeune fille. Toute cette floraison avait été impitoyablement saccagée, foulée aux pieds, flétrie! Claudia redescendait ce matin ayant acquis la précoce expérience de l'infélicité humaine. Et cependant, tout en se répétant que son bonheur était anéanti, que son unique amour était mort, quelque chose en elle protestait; elle sentait bien que cet amour avait été mal arraché de son cœur et que de vivaces racines y saignaient encore. Malgré la trahison consommée, malgré l'injure infligée, sa tendresse persistait et elle redoutait de ne pas être assez maîtresse d'elle-même pour accomplir tout à l'heure l'acte qu'elle avait médité. — C'était pour se composer une attitude plus résolue et pour rassembler toute l'énergie dont elle aurait besoin qu'elle stationnait, le cœur battant, sur les degrés de pierre de l'escalier obscur. — Enfin elle prit son grand courage et, tournant le bouton de la porte de communication, elle pénétra dans la salle à manger.

Assis devant la table ronde couverte de toile cirée, l'oncle César était en train d'expédier son premier déjeuner, composé de pain et de fromage et arrosé d'un verre de vin blanc. Le jour, tombant des fenêtres à travers la mousseline des rideaux, caressait d'une lumière douce ses cheveux gris et crépus, son front obstiné et ses favoris en pattes de lapin. Par le couloir de la cuisine contiguë, on entendait la voix brève de Mme Tavan occupée à préparer le café; une odeur de lait bouilli et de pain grillé se répandait peu à peu dans la salle. — Au bruit de la porte, M. Dumoulin releva la tête, et, à la vue de la figure pâle et gravement résolue de sa nièce, il eut le pressentiment qu'il allait apprendre du nouveau. Il posa son couteau sur la toile cirée, s'essuya la bouche, et ses clairs yeux bleus interrogèrent silencieusement la jeune fille.

— Bonjour, mon oncle, dit Claudia... Est-ce que maman ne déjeune pas avec vous?

— Si fait, répondit Mme Tavan, qui apparut avec un plateau supportant la cafetière fumante et les bols de porcelaine. — Hé bien! ajouta-t-elle en constatant avec étonnement la seule présence de Claudia, Françoise n'est pas descendue?

— Elle est souffrante, reprit la jeune fille, elle a une forte migraine et elle demande l'autorisation de garder le lit une partie de la journée...

L'oncle César, ayant terminé son déjeuner, s'était levé en haussant les épaules et se promenait de long en large pour faciliter sa digestion. Claudia l'interpella de nouveau:

— Mon oncle, murmura-t-elle, je désirerais causer un moment avec vous et avec ma mère.

— Bon! pensa M. Dumoulin, j'avais mis le doigt dessus... Mes deux gaillardes commencent à se fatiguer d'être cloîtrées et elles veulent faire amende honorable...

Il alla prudemment fermer la double porte de la cuisine, puis revint, le nez au vent, la mine à la fois discrète et allumée, se rasseoir près de la table où Mme Tavan, tout en examinant avec une curiosité inquiète le visage défait de sa fille, versait le lait dans les bols.

— Parle, ma chère, parle, dit-il en tirant sa montre; il n'est pas huit heures... Nous avons une bonne demi-heure encore avant de descendre au magasin.

Il y eut un moment de silence pendant lequel on n'entendit plus que l'égouttement monotone du café à travers le filtre. Puis Claudia, qui demeurait debout, les deux mains appuyées au bord de la table, commença d'une voix légèrement tremblante:

— Mon oncle, il y a six semaines, M. Prosper Baduel m'a adressé une demande en mariage avec votre assentiment et celui de ma mère...

— Oui, interrompit sèchement M. Dumoulin en se renversant sur le dossier de sa chaise; tu as si mal accueilli le pauvre garçon qu'il en a quasi fait une maladie et qu'aujourd'hui il n'est pas encore remis de la mortification qu'il a éprouvée... Enfin, continue.

— Si j'ai repoussé la demande de M. Prosper, ce n'était pas par dédain... J'avais d'autres motifs...

L'oncle César cligna de l'œil dans la direction de sa sœur et hocha significativement la tête.

— Aujourd'hui, poursuivit Claudia, ces motifs n'existent plus...

Avec ces derniers mots, toutes les honteuses révélations de la nuit passée lui revinrent si cruellement à l'esprit, qu'une rougeur monta à ses joues et que ses yeux se mouillèrent; mais l'oncle César resta impassible; il s'imaginait que Claudia faisait allusion au changement de résidence de M. Tournyer et il hocha de nouveau la tête d'une façon ironique qui semblait vouloir dire : « Oui, nous savons pourquoi! » Pendant ce temps, la jeune fille, s'efforçant de raffermir sa voix et de renfoncer ses larmes, reprenait:

— Je viens donc vous déclarer que j'ai changé d'avis et que je suis prête à épouser M. Prosper..., si toutefois ses intentions sont restées les mêmes.

Mme Tavan fut si surprise de la netteté de cette déclaration, qu'elle oublia son café au lait en train de refroidir et qu'elle n'eut plus d'yeux que pour sa fille. Quant à M. Dumoulin, il se déridait peu à peu.

— A la bonne heure! s'exclama-t-il; eh bien! puisque tu es redevenue raisonnable, je crois pouvoïr t'assurer que ce brave Baduel n'a pas changé et qu'il est prêt à renouveler ses offres, quand tu le voudras...

— Attendez, je n'ai pas fini, interrompit Claudia; je consens à épouser M. Prosper, mais à une condition...

Les yeux du frère et de la sœur se fixèrent, intrigués, sur la pâle figure de la jeune fille, et le front de M. Dumoulin se plissa:

— Hein! grommela-t-il, quelle condition?

— Le même jour, reprit Claudia d'une voix sourde, mais très ferme, où je m'engagerai avec M. Baduel, vous accorderez la main de Françoise à M. Tournyer.

Mme Tavan et son frère se regardèrent, stupéfaits.

— Ah çà! se récria l'oncle César, je ne comprends plus!... J'avais cru, jusqu'à cette heure, que c'était de toi que ce professeur était tombé amoureux?

— Vous aviez mal cru, mon oncle, répondit-elle brièvement.

— Comment! objecta à son tour Mme Tavan... Françoise aime M. Tournyer?

— Elle l'aime.

— Quelle absurdité!.. Ce jeune homme ne

vous convient pas plus à l'une qu'à l'autre...
D'ailleurs, il vient d'être nommé à Grenoble et il
doit avoir quitté Annecy.

— Je ne le pense pas, affirma hardiment Claudia; mais fût-il déjà à Grenoble, il serait facile de
lui écrire que rien ne s'oppose plus à ses projets.
Je le répète, je n'épouserai M. Baduel que si vous
consentez au mariage de Françoise.

— Et si nous refusons? demanda Mᵐᵉ Tavan,
que cette nouvelle complication commençait à
irriter.

— Les choses resteront au point où elles sont...
Je ne me marierai pas et vous aurez rendu Françoise très malheureuse.

— Mais, nom de nom! s'écria brutalement
l'oncle César en tapant du poing sur la table,
que diable ce freluquet a-t-il donc dans la botte
pour que toutes les filles lui courent après?...
Voyons, Claudia, est-il bien nécessaire que nous
en venions à cette extrémité?

— Il le faut! insista-t-elle énergiquement... Depuis que vous avez cessé de recevoir M. Tournyer,
Françoise souffre... Sa santé s'altère et sa tête se
monte... Elle n'est pas, poursuivit la jeune fille
avec un accent dont le frère et la sœur ne purent
comprendre la navrante amertume, elle n'est pas
de celles qui savent se raisonner et se résigner...
Elle a une nature emportée, et un refus peut la

pousser à quelque folie que vous regretteriez plus tard.

Le sérieux et l'énergie de Claudia imposaient aux deux commerçants. Ils n'étaient pas assez perspicaces pour démêler ce qu'il y avait au fond de ce mystérieux et brusque revirement. Déconcertés par la netteté de ces affirmations, étonnés de la précoce maturité d'une fille de vingt ans, ils subissaient inconsciemment cette impérieuse volonté et se consultaient silencieusement du regard, comme deux associés qui se tâtent pour savoir s'ils accepteront un marché.

— Un professeur? s'exclama Mme Tavan en faisant la grimace, quel singulier goût!

Claudia surmonta une dernière défaillance et, vidant le calice jusqu'au fond, elle répondit à la dernière objection de sa mère :

— Maman, M. Tournyer est bien élevé, vous avez pu l'apprécier vous-même et vous connaissez sa famille... Il est instruit, il est jeune et il a de l'avenir... Enfin, Françoise l'aime follement, et, puisque vous établissez l'une de vos filles selon vos désirs, vous pouvez bien laisser l'autre se marier à son gré...

Ce dernier argument parut faire pencher la balance. — Avant toutes choses, l'oncle César souhaitait que l'aînée de ses nièces épousât son futur associé. Tout en tailladant un morceau de pain avec son couteau, il réfléchissait que de cette façon on ferait d'une pierre deux coups : on se débarrasserait de Françoise qui était d'un placement plus difficile que sa sœur et on assurerait la prospérité à venir du *Fil de la Vierge*. Du moment qu'il était arrivé à ses fins, il pouvait bien se montrer conciliant et accorder bonne mesure à celle avec qui il venait de conclure une affaire selon son cœur...

Il se rapprocha de Mme Tavan et eut avec elle un rapide colloque à voix basse. Petit à petit la veuve cédait aux raisons très pratiques que lui énumérait César. Elle se ressouvenait tout à coup que M. Tournyer était d'Albertville, qu'elle avait toujours eu un faible pour son jeune compatriote, et elle finissait par s'amollir.

— Si Françoise s'est amourachée au point d'en perdre la tête, dit-elle enfin, nous serons bien obligés de la donner à ce monsieur !

— Soit donc, qu'elle épouse son maître d'école ! ajouta M. Dumoulin en revenant vers sa nièce ; si plus tard elle s'en mord les doigts, ce sera tant pis pour elle !... L'important est que le *Fil de la Vierge* ne sorte pas de la famille.

— Vous avez ma parole, dit gravement Claudia, et vous pouvez prévenir M. Prosper que je le recevrai volontiers dès que le mariage de Françoise sera une chose complètement arrêtée...

Mais, pour cela, poursuivit-elle en reprenant le ton décidé et presque impératif qui avait déjà imposé à César et à Mme Tavan, il faut que vous m'autorisiez à écrire à M. Tournyer, et, s'il est encore ici, à avoir un entretien avec lui aujourd'hui même.

La physionomie du frère et de la sœur exprima de nouveau une certaine hésitation méfiante.

— Ma chère, objecta la veuve, je ne sais si c'est bien convenable...

— C'est nécessaire, répliqua délibérément Claudia; Françoise ne peut pas avoir l'air de se jeter à la tête de M. Tournyer, et après la façon dont vous avez congédié ce jeune homme, je puis seule servir d'intermédiaire entre vous et lui.

L'oncle César s'empressa de reconnaître la justesse de cette observation : il n'était pas fâché de s'épargner la mortification d'une première entrevue avec le professeur qu'il avait traité si cavalièrement.

— Elle a raison, s'écria-t-il... Pour ma part, je ne me soucie point d'être obligé de recevoir ce monsieur, la bouche en cœur, après l'avoir consigné à ma porte... Allons-nous-en à notre besogne, madame Tavan, et donnons-lui carte blanche...

— J'y consens, puisque tu es de son avis, César! soupira la veuve... Je suis trop énervée pour discuter davantage... Une incorrection de plus ou de moins; au point où nous en sommes, ne changera rien à la situation... Descendons!

Ils gagnèrent l'escalier intérieur qui conduisait au magasin. Quand ils eurent disparu tous deux, Claudia se laissa choir sur une chaise et demeura quelques minutes sans mouvement, presque sans pensée. La grosse dépense d'énergie et de volonté qu'elle venait de faire avait déjà épuisé ses forces, et il lui semblait que la tête lui tournait. Elle avait mené à bien la partie la plus difficile de sa tâche, mais non la plus douloureuse, et elle était épouvantée de ce qui lui restait à faire. Néanmoins, l'urgence du sacrifice à accomplir et la nécessité de ne pas perdre une minute la tirèrent de son état de torpeur. Elle se mit en devoir d'écrire à Maurice, et, tout à coup, au moment de tracer les lignes sur le papier, elle fut arrêtée par la difficulté de formuler sa lettre. Il lui prenait envie de lui crier tout d'abord qu'elle n'était pas dupe et qu'elle n'ignorait rien; puis elle réfléchit. La triste expérience qu'elle venait d'acquérir lui fit pressentir toutes les lâchetés dont peut être capable un homme déjà pris en faute. Maurice, sachant que sa mauvaise action était connue, pouvait se dérober et refuser de répondre à l'appel qu'elle allait lui adresser. Elle résolut donc d'être prudente et rédigea ce billet laconique, presque banal:

« Cher monsieur Tournyer,

« J'ai à vous parler de choses importantes, et ma mère m'autorise à vous écrire pour vous demander quelques moments d'entretien. Vous me trouverez seule, ce matin, à la maison ; si vous voulez bien y passer en sortant du collège, vous m'obligerez.

« CLAUDIA. »

Elle cacheta sa lettre, y inscrivit le nom de Maurice Tournyer, puis la confia à la cuisinière en lui ordonnant de se rendre immédiatement au collège. Philomène devait s'informer si le professeur faisait sa classe ; au cas de l'affirmative, charger le concierge de lui remettre le billet et demander une réponse. Le message une fois parti, Claudia vint s'accouder à la table et attendit, en proie à une impatience fiévreuse.

La rue du Collège est à deux pas de la place Saint-François. Au bout d'un quart d'heure, Philomène reparut essoufflée. — Oui, M. Tournyer était en classe ; on lui avait remis la lettre et il avait fait répondre qu'il passerait à dix heures et demie chez Mme Tavan.

Claudia consulta l'horloge : — neuf heures. — Encore une heure et demie ! — Elle respira

d'abord plus librement; n'était-elle pas assurée
maintenant de la visite prochaine de celui qui
tenait entre ses mains le salut de Françoise et
l'honneur de la famille? N'était-elle pas délivrée
de l'appréhension de ces mortelles heures d'angoisse auxquelles elle eût été condamnée si Maurice fût déjà parti pour Grenoble?... Mais bientôt
de douloureuses palpitations la prirent à la pensée
de se retrouver face à face avec l'homme qu'elle
avait si ardemment aimé et pour lequel elle conservait dans l'arrière-fond de son cœur un reste de
lâche tendresse. — S'imaginant que sa trahison
était ignorée, il allait sans doute se présenter
avec de mensongères protestations d'amour?...
Que lui dirait-elle?... Aurait-elle seulement la
force de se contenir?... Oui, elle se promettait
de rester calme et digne. A quoi bon s'abaisser
à d'inutiles récriminations! Le mal était fait,
le coup était reçu, la blessure inguérissable. La
seule réparation possible était celle que Maurice devait à Françoise et qu'il fallait s'efforcer
d'obtenir. Claudia espérait être assez éloquente
pour le déterminer à expier ses torts. Quelque
faiblesse ou quelque duplicité qu'il eût montrée,
elle lui croyait le cœur bon et honnête. — Et
pourtant, si à la première félonie commise Maurice ajoutait celle d'un refus?... Si par fausse
honte, égoïsme ou mauvaise foi, il niait tout?...

Quelle preuve avait-on contre lui?... Quels moyens de contrainte? — Tous ces doutes qui se levaient dans l'esprit de Claudia, comme de malsaines vapeurs à la tombée de la nuit, achevaient de la rendre malheureuse. La crainte d'un échec se mêlant aux amertumes du renoncement contribuait à endolorir son cœur. — Les minutes lui paraissaient tantôt trop rapides et tantôt d'une irritante lenteur. Incapable de s'occuper à une besogne quelconque, ne voulant pas non plus remonter dans sa chambre où la vue de Françoise envenimerait encore sa blessure, elle allait et venait fiévreusement à travers la salle. N'en pouvant plus à la fin, elle s'assit près de la fenêtre, dont elle ouvrit l'un des battants, et posa sa tête brûlante sur la barre d'appui.

L'air vif lui rafraîchit les tempes et, distraitement, elle se prit à regarder le spectacle du dehors. — Il avait gelé pendant la nuit et le vent d'est échevelait sur l'azur froid du ciel de longs nuages blancs qui allaient se tasser au sommet des montagnes pour former ce que les gens du pays appellent en leur langage imagé « des chapeaux de bise. » Le lac, où couraient de brusques coups de soleil, était par places d'un bleu argenté ou d'un gris verdâtre, suivant la marche capricieuse des nuées. Une neige immaculée étincelait sur les hautes cimes et sur les déclivités plus basses où des bois de sapins se détachaient en noir parmi les plaques blanches. Les regards désolés de Claudia, remontant les pentes grises des sommets, s'arrêtaient à ces bouquets de bois, et, involontairement, elle songeait à l'ascension du Parmelan. — Que de changements s'étaient opérés dans son cœur et dans sa vie depuis cette joyeuse montée à travers les sapins du chalet Chapuis! Et cependant, tandis qu'en elle se jouait une si lamentable tragédie, le monde extérieur continuait de mener son train ordinaire : — le soleil colorait les noires murailles du *Palais de l'Isle*; des enfants se penchaient sur le parapet des ponts; des lavandières emplissaient de coups de battoir l'une des voûtes sonores où s'enfonçait le Thiou; un camion traversait lourdement la place pour se rendre au débarcadère du bateau, et, du haut du siège, le conducteur faisait claquer son fouet, tandis que son chien, assis près de lui, aboyait frénétiquement aux passants. — Partout la même vie familière et indifférente; et Claudia, en face de cette impassibilité de l'extérieur, se sentait encore plus oubliée, plus abandonnée et plus misérable. Tout à coup, pendant que ses yeux gros de larmes se fixaient sur les objets environnants, son cœur tressauta et elle se recula vivement à l'intérieur de la salle : — elle venait d'apercevoir Maurice Tournyer tournant le coin de la place et se dirigeant vers la maison du *Fil de la Vierge.*

En recevant le message de Claudia en pleine classe, le professeur avait pâli. Un froid subit lui coula dans les veines et la respiration lui manqua; en même temps une succession d'idées désagréables lui traversa le cerveau. L'éclat qu'il redoutait avait-il eu lieu? Françoise avait-elle parlé et tout était-il découvert?... Ou bien Mme Tavan et l'oncle César s'étaient-ils laissé fléchir et Claudia voulait-elle lui annoncer cette bonne nouvelle? — La brièveté circonspecte du billet de la jeune fille ouvrait le champ à toutes les suppositions, et aucune d'elles n'était bien rassurante. Maurice sentit qu'il ne pouvait refuser de se rendre à l'invitation qu'on lui adressait. Il acheva sa classe dans un désarroi d'esprit dont ses élèves durent s'apercevoir. Les mots ne lui arrivaient plus que péniblement et sa bouche était tellement sèche qu'il les articulait à grand'peine. Enfin dix heures sonnèrent, les élèves se répandirent bruyamment dans les couloirs et Maurice quitta le collège. Quand il fut dehors, il s'efforça de recouvrer un peu de sang-froid. — En somme, les termes du billet, si laconiques qu'ils fussent, n'avaient rien d'alarmant. Si Claudia eût été instruite de ce qui s'était passé, il semblait à Maurice que sa légitime indignation se fût exprimée franchement et violemment. A la vérité, le billet ne ressemblait guère aux précédentes lettres si expansives et si tendres : il avait un tour froidement poli qui ne laissait pas d'être inquiétant; mais ce laconisme mystérieux était sans doute imposé à Claudia par les circonstances. Elle avait dû écrire sa lettre sous les yeux de sa mère ou de son oncle et, dans ce cas, elle ne pouvait que se montrer prudente et réservée.

Cette explication parut satisfaisante à Maurice, et lorsqu'il commença de gravir l'escalier de pierre de la maison Tavan, il en était arrivé à se persuader qu'elle était la seule admissible. Elle le rassurait, non pas sur le dénoûment même des tristes complications qu'il avait créées par sa faute, mais au moins sur les conditions dans lesquelles l'entretien allait avoir lieu. — Françoise certainement avait gardé le silence; leur double trahison demeurerait ignorée; il n'aurait à subir ni les mépris de Claudia ni les reproches indignés de ses parents. Sa propre conscience serait, il est vrai, toujours tourmentée de cruels remords; mais le scandale n'éclaterait pas, et le secret de cette mauvaise action resterait enseveli. Il s'éloignerait, et Françoise, avec cette facilité d'oubli qui est le privilège de bien des femmes, finirait par ne plus penser à lui. Après tout, ils avaient succombé tous deux à une surprise des sens, mais ils ne s'aimaient pas, et elle n'aurait pas grand'-peine à se déprendre. La seule femme qu'il aimât réellement, c'était Claudia; mais à celle-là l'honnêteté et la délicatesse le forçaient de renoncer. Il allait être obligé de couper court aux beaux rêves qu'ils avaient formés ensemble, et ce serait le douloureux châtiment de son péché. A la pensée de revoir la pure jeune fille à laquelle il avait juré fidélité aux Grangettes, et qu'il avait si stupidement, si vilainement trompée, il s'arrêtait, le cœur défaillant, sur les degrés de l'escalier. — Tout à l'heure, si elle lui annonçait que les difficultés étaient levées et que rien ne s'opposait plus à leur mariage, que pourrait-il lui répondre? Quels mensonges devrait-il inventer pour colorer un refus qui le désespérait? — Il avait beau se creuser le cerveau, il n'imaginait rien; ses idées se brouillaient, et il se trouvait le plus misérable des hommes.

Enfin il arriva sur le palier, il sonna d'une main tremblante, et la cuisinière l'introduisit dans la salle à manger.

Il était si troublé que tout d'abord il n'aperçut qu'à travers une sorte de brouillard confus la jeune fille debout près de la table ronde.

— Claudia!... murmura-t-il d'une voix mouillée de larmes dès que la porte fut refermée.

Elle restait immobile, tellement émue elle-même qu'il lui était impossible de remuer les lèvres. Alors il la regarda plus attentivement; mais lorsqu'il vit sa pâleur, ses grands yeux tristes, l'expression tragique de son visage, il eut la sensation de l'écroulement subit des suppositions qu'il avait échafaudées en montant l'escalier, et il comprit qu'elle n'ignorait plus rien.

Il baissa piteusement la tête, et ils restèrent un moment l'un près de l'autre sans avoir la force de parler.

— Ne jouez pas une comédie inutile, dit enfin brusquement Claudia, Françoise m'a tout avoué!... Je ne vous adresserai pas de reproches, je n'en ai ni le temps ni le courage... Je vous ai prié de venir pour vous demander de réparer le mal que vous avez causé. Sans entrer dans aucune explication compromettante, j'ai dit à maman et à mon oncle que Françoise vous aime, et j'ai obtenu leur consentement à son mariage avec vous... Maintenant, si vous êtes encore un honnête homme, vous savez ce qui vous reste à faire...

— Épouser Françoise ? protesta Maurice effaré, n'exigez pas cela!... Écoutez-moi, Claudia! Je sais bien qu'après ce qui s'est passé, je ne puis guère vous demander d'ajouter foi à mes paroles... Je me suis conduit comme un sot et un misérable... Pourtant je vous jure que je n'ai jamais aimé que vous! — Et, comme un sourire amer crispait les lèvres de la jeune fille : — Oui, s'écria-t-il, vous seule !...

Alors, avec un accent de désolation si sincère qu'il réussit à triompher du mauvais vouloir et des gestes de dénégation de Claudia, il répandit devant elle tout son cœur ; il lui confessa tour à tour les tentations et l'accès de folie qui avaient amené cette déplorable chute, les remords qui l'avaient immédiatement suivie et le sentiment qu'il avait depuis ce moment-là de son indignité.

— Je le comprends, ajouta-t-il, je ne mérite plus que votre mépris et vous avez le droit de me chasser de votre cœur... Mais la punition est assez forte... Ne me condamnez pas à épouser une femme que je n'aime pas, que je ne peux pas aimer !

— Il fallait penser à tout cela avant de céder à ce que vous appelez « une folie, » répondit sévèrement Claudia ; maintenant il est trop tard... Ce mariage est nécessaire.

— Trop tard ? balbutia-t-il avec un battement de cœur, que voulez-vous dire ?

— Puisque vous ne savez pas comprendre à demi-mot, reprit Claudia en rougissant, je veux dire que la faute de ma sœur ne pourra bientôt plus être cachée à personne, et que si vous avez un peu d'honneur, vous vous hâterez de nous

épargner à tous la honte d'un scandale, en donnant votre nom... à votre enfant !

Maurice, abasourdi, écrasé par cette révélation,
courbait la tête. — Un enfant !... De toutes les
hypothèses qu'il avait roulées dans son cerveau,
celle-là était la seule à laquelle il n'eût pas songé...

— Ah ! mon Dieu ! s'exclama-t-il ; — puis,
d'une voix soumise et sans oser regarder Claudia : — Parlez..., je ferai ce que vous m'ordon-
nerez.

— Cette honte, continua la jeune fille, n'est
encore connue que par moi..., mais nous n'avons
pas de temps à perdre... J'ai arraché le consentement de ma mère et de mon oncle en promettant
que, le jour où vous deviendriez le mari de ma
sœur, j'épouserais moi-même Prosper Baduel.

— Vous avez promis cela ! s'écria Maurice suf-
foqué.

— Oui ; je n'ai aucune faute à me reprocher,
moi, et je me suis pourtant résignée à ce mariage ;
il est bien juste que vous, le seul coupable, vous
n'hésitiez pas une minute à réparer une partie du
mal que vous avez fait !

— Soit, dit-il humblement ; dictez-moi votre
volonté...

— Aujourd'hui même, dans l'après-midi, vous
viendrez demander à ma mère et à mon oncle la
main de Françoise.

— Il suffit, répondit-il en s'inclinant... Vous pouvez prévenir Mme Tavan et M. Dumoulin que je serai chez eux à une heure.

— Ce n'est pas tout; vous insisterez pour que le mariage ait lieu aussitôt que possible, c'est-à-dire dans trois semaines... Il vous sera facile de trouver un motif pour hâter la cérémonie... Vous direz que votre présence est indispensable à Grenoble et que vous souhaitez que tout soit terminé avant le 15 décembre...

— Rassurez-vous, tout se passera comme vous le désirez.

— Attendez, poursuivit Claudia en étendant la main vers lui, j'ai encore une prière à vous adresser..., pour une chose qui me concerne plus particulièrement...

Elle s'arrêta afin de reprendre sa respiration et aussi pour étouffer un sanglot qui se nouait dans sa gorge.

— Pour le monde et pour mes parents, reprit-elle d'une voix étranglée, vous devrez nécessairement vous montrer ici pendant le temps qui précédera votre mariage; mais, ajouta-t-elle avec une navrante intonation sarcastique, comme il s'agira d'une pure formalité et comme votre cour est faite depuis longtemps, vous m'obligerez... en diminuant le plus possible le nombre de vos entrevues, ou du moins... en choisissant pour ces visites les heures où je serai absente. . Enfin, une fois marié, je vous supplie de trouver un prétexte pour quitter immédiatement Annecy.

Maurice vit bien qu'elle pouvait à peine retenir ses larmes, et lui-même se sentit le cœur déchiré.

— Je vous obéirai, murmura-t-il presque indistinctement.

— Merci... Et à présent, adieu; je compte sur votre parole.

— Ah ! Claudia, dit-il en éclatant, si vous saviez comme je souffre !

Elle lui lança un regard sombre, au fond duquel des larmes brillaient comme une eau brune au creux d'un puits.

— Vous n'êtes pas seul ! répliqua-t-elle avec véhémence; il y en a d'autres qui souffrent plus que vous sans l'avoir mérité...

Elle chancela et s'affaissa sur une chaise près de la table, comme si cette réflexion eût donné le dernier coup à son courage épuisé. Sa fière impassibilité l'avait abandonnée, et, la tête dans les mains, elle gémissait comme une enfant :

— Oh ! non, je ne l'ai pas mérité... J'ai trop de chagrin !... Je suis trop malheureuse, et ce n'est pas juste !

Elle se mit à fondre en larmes. Maurice, dont la sensibilité était violemment surexcitée et qui

avait à son tour des sanglots dans la gorge, se
précipita à genoux devant elle.

— Pardon, Claudia, protesta-t-il, pardon !...
Si vous saviez comme j'ai horreur de ma lâcheté !...
Je ne veux pas que vous vous rendiez à jamais
malheureuse... Je comprends que vous exigiez
que j'expie ma faute, mais ce n'est pas une raison
pour que vous vous sacrifiiez aussi...

— Il le faut !... Il le faut ! murmurait-elle en
secouant la tête.

— Claudia, continua-t-il en baisant sa robe,
n'est-ce pas assez que ie renonce à l'espoir de
vous posséder ?... Ne vous condamnez pas au
supplice de ce mariage qui brisera votre cœur...
Car nous aurons beau faire, Claudia, nous n'abo-
lirons pas ce qui s'est passé... Je vous aimerai
toujours, et vous-même..., malgré ma mauvaise
action, je sens que vous m'aimez encore !...

Il sanglotait tout en parlant, il versait des
larmes sincères, et, devant la douleur de cet
homme qui avait eu son premier et unique amour,
elle s'amollissait, sa rancune se fondait peu à
peu. Elle eut peur de faiblir et se recula brusquement.

— Non ! protesta-t-elle en se levant et en
essuyant ses yeux, vous vous trompez, monsieur... Ce n'est pas vrai !

— Claudia !

— Vous rappelez-vous, ajouta-t-elle tristement,
ce que je vous ai répondu un jour aux Grangettes?
Je vous ai dit: « Voici ma main, tant que vous
m'aimerez, personne ne pourra l'ôter de la vôtre... »
Eh bien ! c'est vous qui avez arraché votre main
de la mienne, et aujourd'hui je ne vous aime
plus... Adieu !... Tenez mieux désormais vos promesses...

Elle détourna la tête, et Maurice prit congé ;
mais, quand la porte se fut refermée sur lui,
Claudia retomba sur sa chaise et se remit à
pleurer.

Hélas ! elle lui avait menti, et c'était lui qui
avait raison : — le passé n'était pas aboli, la tendresse d'autrefois n'était pas morte; et elle savait
bien que son supplice venait seulement de commencer.

XIV

MAURICE avait depuis longtemps déjà redescendu l'escalier de la maison Tavan, et Claudia demeurait toujours accoudée à la table, trouvant une âpre jouissance à laisser couler ses larmes. Le tintement des horloges sonnant onze heures à toutes les églises du voisinage l'arracha à cette volupté de pleurer sans contrainte, qui est la dernière consolation des malheureux. — Elle ne voulait pas que quelqu'un, entrant inopinément, la surprît en proie à cet accès de désespoir. Un sentiment de pudeur et de fierté lui commandait de cacher son chagrin à sa famille et aux indifférents. Et puis, il était maintenant nécessaire d'informer Françoise de ce

qui s'était passé et de lui adresser des recommandations sur la conduite qu'elle aurait à tenir. Pour
Claudia, qui avait encore dans les oreilles le son
des sanglots et des supplications de Maurice,
c'était un dernier crucifiement. — Triste et ironique injustice des destinées humaines! Françoise
avait failli, et tout lui arrivait à souhait, comme
par enchantement; Claudia avait été la dupe et
la victime, et elle devait encore par surcroît porter la nouvelle de cette inique réussite à celle qui
lui avait volé son bonheur! — Cette étrange dis-
tribution du bien et du mal la révoltait. Aussi
fut-ce avec un mouvement de colère qu'elle poussa
la porte de la chambre commune.

Elle trouva sa sœur levée. Les cheveux noués à
la hâte, enveloppée dans un peignoir de laine où
les transes de l'attente la faisaient grelotter, Françoise était assise près de la fenêtre et, les mains
croisées sur ses genoux, elle suivait machinalement le vol des mouettes blanches au-dessus du
canal. A la vue de Claudia, dont les paupières et
les joues étaient encore moites de larmes, elle
tressaillit et resta, les lèvres entr'ouvertes, sans
oser l'interroger, tant la sévère expression de ce
visage désolé l'effrayait. Celle-ci passa brusquement devant sa sœur, alla droit à sa toilette, bai-
gna sa figure dans l'eau fraîche pour effacer les
signes extérieurs d'un chagrin qu'elle voulait

garder pour elle seule; puis elle se retourna vers Françoise, qui l'examinait, effarée :

— Rassure-toi, lui dit-elle avec une ironie méprisante, tu n'as plus rien à craindre! Tu épouseras M. Tournyer avant trois semaines.

Françoise n'en pouvait croire ses oreilles; elle ouvrait de grands yeux et dévisageait sa sœur avec un reste d'incrédulité et de méfiance :

— Claudia, demanda-t-elle peureusement, ne me trompe pas, ce serait trop cruel!

— Je n'ai l'habitude de tromper personne et je te parle sérieusement... M. Tournyer viendra à une heure demander ta main à maman et à mon oncle.

— Tu as vu... Maurice?

— Je l'ai vu.

— Il n'a pas fait d'objections?... Il sait... tout?

— Oui.

— Mais maman et mon oncle, reprit Françoise avec la rougeur au front et un tremblement dans la voix, est-ce qu'eux aussi?...

— Non..., ils ne savent rien, si ce n'est que tu aimes M. Tournyer.

— Mais alors, continua-t-elle stupéfaite, comment ont-ils pu se décider?

— Je leur ai promis, répondit brièvement Claudia, que, s'ils consentaient à ton mariage, j'épouserais M. Baduel.

— Oh ! tu as fait cela pour moi ! s'écria Françoise abasourdie par la grandeur et la noblesse du sacrifice.

Elle resta un moment silencieuse, accablée par la supériorité de Claudia ; touchée et joyeuse de cette solution inespérée qui la sauvait, et en même temps secrètement humiliée de se sentir si inférieure à cette sœur aînée qui s'immolait pour elle. Son âme étroite et naïvement égoïste ne pouvait pas comprendre une pareille abnégation. Pourtant, le sentiment de la reconnaissance l'emporta ; elle saisit précipitamment les mains de Claudia et, courbant la tête, elle les baisa humblement.

— Claudia, murmura-t-elle, tu es bonne, tu es cent fois meilleure que moi !... Pourras-tu jamais me pardonner le mal que je t'ai fait ?... Oh ! sœurette, je t'en supplie, dis-moi un mot de pardon !

Mais Claudia lui arracha ses mains et se recula avec un geste farouche.

— Laissons cela ! répliqua-t-elle ; je t'ai tirée d'embarras, ne m'en demande pas davantage !... Je ne te promets qu'une chose, c'est de faire mon possible pour oublier... Oh ! oui, continua-t-elle en se tordant les mains et en se parlant à elle-même, oublier... Je voudrais tant pouvoir tout oublier !..

Elle marcha avec agitation à travers la chambre,

puis revenant vers sa sœur qui, avec son insou-
ciance native, se mettait déjà à sa toilette :

— Je vais redescendre pour le dîner, reprit-
elle... Il est inutile que tu sois là quand M. Tournyer viendra faire sa demande, et je vais dire en
bas qu'on te monte à manger ici... Mais ce soir,
il est probable que ta présence sera nécessaire;
M. Baduel et M. Tournyer souperont sans doute
avec nous... C'est l'habitude, un soir de fian-
çailles! poursuivit-elle avec une ironique amertume qui serrait le cœur. — Tâche de modérer ta
satisfaction et tes familiarités... Souviens-toi que
je serai forcée d'être là et prouve-moi ta reconnaissance en ne me faisant pas trop souffrir!...

Lorsque à midi Mme Tavan et l'oncle César remontèrent dans la salle à manger, Claudia les
prévint de la visite de Maurice Tournyer, puis
s'adressant particulièrement à M. Dumoulin :

— Maintenant, mon oncle, il me reste à tenir
ma promesse... Dès que M. Tournyer sera parti,
vous pourrez prévenir M. Prosper que je l'attendrai
dans l'après-midi.

Le dîner était à peine achevé, que Philomène
annonça l'arrivée de Maurice. On l'introduisit dans
le salon cérémonieusement préparé pour cette entrevue, et Claudia, poussée par une inquiète curiosité, se glissa dans la chambre de sa mère, qui
n'était séparée de cette première pièce que par

une porte restée entre-bâillée. Pas une des paroles prononcées ne lui échappait, et elle assista, le cœur déchiré, à l'entretien décisif qui devait du même coup ruiner sa vie et assurer le salut de Françoise.

Tout se passa de la façon la plus diplomatiquement correcte. Maurice, avec une pénible émotion intérieure, que Mme Tavan et l'oncle César attribuèrent à une respectueuse timidité, exposa que les conseils de Mlle Claudia l'avaient encouragé à tenter cette démarche qui le préoccupait depuis longtemps; il entra dans quelques explications sur sa situation actuelle, son avenir et ses espérances, puis il parla brièvement de son affection pour la plus jeune des demoiselles Tavan et termina en sollicitant l'honneur de devenir le mari de Françoise. — La veuve répondit qu'elle avait toujours apprécié les qualités et le caractère de M. Tournyer; si elle avait dû, pendant un certain temps, mettre un terme aux visites du professeur, c'est qu'une mère est tenue à une prudente réserve quand elle a de grandes filles, et qu'on ne pouvait songer à établir Françoise avant que sa sœur aînée fût elle-même pourvue. Mais aujourd'hui, cette raison n'existait plus, Claudia allait enfin épouser M. Prosper Baduel, le meilleur ami et le futur associé de la maison; rien ne s'opposait donc désormais à la réalisation des désirs expri-

més par M. Tournyer, d'autant plus que ces
désirs paraissaient partagés par Françoise. —
L'oncle César déclara qu'il adoptait absolument
les vues de sa sœur, et, tendant la main au professeur, il le pria très rondement de lui pardonner
la façon un peu rude avec laquelle il l'avait congédié, le mois passé.

— A ce moment-là, lui dit-il pour s'excuser,
nous nous figurions que vous pensiez à l'aînée, et
comme nous avions d'autres projets d'établissement pour elle, cela nous avait refroidis à votre
égard... Mais maintenant c'est différent : Baduel
épousera Claudia, et vous nous demandez la main
de Françoise... Tout est pour le mieux et nous
célébrerons les deux noces le même jour !... Si vous
voulez venir ce soir faire votre cour à votre fiancée, nous réglerons avec Prosper tous les détails
de la double cérémonie.

Quand Maurice Tournyer se fut retiré, Claudia
ouvrit la porte de communication et se montra
aux regards surpris de sa mère et de son oncle.

— Ha! ha! s'écria César, sans remarquer la
pâleur de sa nièce, tu nous écoutais, sournoise !...
Eh bien, tu vois, j'ai été très convenable avec le
professeur et j'ai mené carrément nos affaires ; à
présent, je vais prévenir notre ami Prosper que tu
désires causer avec lui... Tu sais combien il est
timide ?... Imite mon exemple, mon enfant, et

tâche de mettre le brave garçon tout à fait à son
aise !

Il descendit avec sa sœur, alla chercher Prosper
Baduel derrière son comptoir et l'emmena silencieusement dans le local qui servait aux emballages, tandis que les demoiselles de boutique,
intriguées par les airs solennels du patron, lor-
gnaient d'un œil curieux les dos affairés des deux
hommes s'éloignant confidentiellement dans les
obscures profondeurs du magasin. Depuis le
matin, tout le personnel, ayant remarqué l'absence de Claudia, les mines émues de Mme Tavan,
les allées et venues de M. Dumoulin, flairait je ne
sais quoi d'extraordinaire et s'attendait à quelque
important événement.

— Mon brave, commença César en tapant sur
l'épaule de Prosper dès qu'ils furent seuls, j'ai une
bonne nouvelle à t'annoncer.

— Une bonne nouvelle ?...

Prosper chercha laborieusement ce que cela
pouvait bien être... Il avait stoïquement renoncé
à l'espoir de changer le cœur de Claudia, et seul,
de tout le personnel, il n'avait rien pressenti,
absorbé qu'il était par sa besogne... Au bout de
quelques secondes, sa physionomie s'éclaircit :

— Je devine! s'écria-t-il, le cours de la paille
tressée a monté et notre provision de chapeaux
est faite !...

— Il s'agit bien de chapeaux! répliqua M. Dumoulin en haussant les épaules, tu n'y es pas du
tout, mon camarade... Voyons, Prosper, qu'est-ce
que je te disais l'autre soir en revenant des Grangettes?... Qu'il ne faut jamais jeter le manche
après la cognée? Que les filles sont changeantes
et que Claudia se lasserait d'être capricieuse?

— Oui, patron, répondit Prosper devenu songeur, je me souviens de tout cela; mais je crains
que votre désir de m'être agréable ne vous aveugle un peu... J'ai idée, moi, que Mlle Claudia
pense toujours à M. Tournyer; aussi j'essaie de
me guérir en travaillant ferme, et je crois que j'y
arriverai petit à petit.

— C'est toi qui avais la berlue, mon pauvre
garçon! Claudia ne songeait pas à M. Tournyer,
et le professeur avait d'autres visées... La preuve,
c'est qu'il vient de nous demander la main de
Françoise et que nous la lui avons accordée...
Quant à Claudia, elle est devenue raisonnable, et
elle m'a chargé, ce matin même, de te faire
savoir qu'elle désire te parler... Est-ce clair, maintenant?

Mais cette nouvelle inespérée ne produisit pas
l'effet sur lequel comptait l'oncle César; elle ne
dérida pas Prosper, qui demeurait méditatif et
presque soucieux.

— Ah çà! se récria M. Dumoulin vexé, voilà

tout ce que tu dis? Moi qui croyais que tu allais me sauter au cou! Es-tu donc devenu capricieux, toi aussi? N'as-tu plus envie d'épouser Claudia?

— Si fait, monsieur César, être agréé par Mlle Claudia! Je n'ai jamais eu d'autre rêve... Mais depuis un bout de temps, je comptais si peu voir ce rêve réalisé, que j'ai peine à y croire. Êtes-vous bien sûr que ce soit pour ce motif qu'elle désire me voir?

— Oui, animal, repartit M. Dumoulin, puisqu'il faut te mettre les points sur les *i*, j'en suis sûr... Ce matin elle nous a déclaré spontanément qu'elle consentait à t'épouser... Là, es-tu content?

Content? Prosper Baduel aurait dû l'être, et cependant un nuage continuait à rembrunir son front et un doute pénible lui traversait le cerveau. Il serra néanmoins la main de son patron, le remercia, et, obéissant à ses recommandations, il alla faire un brin de toilette. — Une demi-heure après, il frappait à la porte de la salle à manger Ce fut Claudia qui vint lui ouvrir.

En la voyant si pâle, avec de la tristesse plein les yeux, Prosper se sentit peu rassuré, et de nouveau les doutes qui l'avaient assailli dans l'arrière-magasin lui serrèrent le cœur.

La jeune fille essaya de sourire. Elle fit asseoir

le commis; puis, prenant elle-même une chaise qu'elle plaça à contre-jour, elle lui adressa la parole la première :

— Monsieur Prosper, commença-t-elle, mon oncle a déjà dû vous apprendre pour quel motif j'ai désiré vous parler... Lorsque au mois d'octobre vous êtes venu ici, encouragé par lui, me demander ma main, je vous ai mal accueilli... Pardonnez-le-moi... A cette époque, le mariage m'effrayait... Je trouvais Françoise encore trop jeune pour la laisser seule... Mais aujourd'hui qu'elle va se marier, cette raison n'existe plus... Et si, malgré mon premier refus, vos intentions sont restées les mêmes?...

Elle s'arrêta, prise d'un scrupule d'honnêteté et de délicatesse, au moment de s'offrir si ouvertement à un homme qu'elle n'aimait pas; Baduel vit son embarras et crut devoir venir charitablement à son aide.

— Mes intentions n'ont pas changé, interrompit-il, mes sentiments non plus... Je regarde toujours comme un honneur et un bonheur d'être accepté par vous, mademoiselle Claudia... Pourtant, avant d'aller plus loin, permettez-moi de vous adresser une question et promettez-moi d'y répondre le cœur sur la main!... Est-ce de votre plein gré que vous consentez aujourd'hui à m'accorder ce que vous m'aviez refusé il y a un mois?... Votre oncle et votre mère n'ont-ils exercé sur vous aucune contrainte?

— Aucune, répondit-elle d'une voix grave, c'est moi qui les ai priés de reprendre un projet qu'ils avaient abandonné.

Cette réponse, malgré sa netteté apparente, ne sembla pas encore dissiper tous les doutes de Prosper.

— Ne vous offensez pas de mes questions, continua-t-il; j'ai pour vous, mademoiselle, une affection sérieuse qui vient de mon estime pour votre caractère autant que de mon admiration pour votre beauté; mais, en mariage, il ne suffit pas que l'affection existe d'un seul côté... Je ne m'abuse pas sur mes mérites personnels, et je ne me crois pas taillé pour inspirer une de ces passions comme on en voit dans les livres... Pourtant je serais malheureux si je ne rencontrais pas un peu de réciprocité... Je ne voudrais pas, par exemple, être choisi pour des raisons de pure convenance, ou bien être accepté par suite d'un coup de tête ou d'un mouvement de dépit qu'on regretterait après..., mais trop tard.

Il y eut un moment de silence poignant. Prosper Baduel attendait avec anxiété la réponse de Claudia, et celle-ci, remuée profondément par cet honnête appel à sa sincérité, se demandait avec terreur comment faire pour rester fidèle à la

vérité sans compromettre l'engagement qu'elle
avait pris envers sa mère et son oncle.

— Je crains de m'être mal expliqué et de
vous avoir blessée? hasarda timidement Baduel.

— Non, monsieur Prosper, repartit-elle enfin,
je vous ai compris, et vos questions ne me bles-
sent pas... Elles me montrent que le mariage
n'est pas à vos yeux une simple affaire d'intérêt,
et cela augmente encore l'estime que j'ai pour
vous... Je vais vous répondre nettement, comme
vous le désirez : d'abord, je puis vous affirmer
que ce n'est ni le dépit ni un coup de tête qui
me poussent à me marier... Quant à l'autre
question, je mentirais si je vous disais que je
suis attirée vers vous par ce qu'on est convenu
d'appeler « une inclination... » Mais je sais que
vous êtes un honnête homme et que ce mariage
fera plaisir à mes parents... Je vous promets d'être
une femme dévouée, fidèle, pénétrée de ses
devoirs, et de vous prouver par mon attachement
que j'ai mérité d'être choisie par vous... Si cette
promesse vous suffit, voici ma main, je ferai en
sorte que vous n'ayez jamais à regretter de l'avoir
prise...

Prosper, très ému, avait saisi la main qu'elle
lui tendait, et, bien qu'elle fût froide comme de
la neige, il la serrait avec effusion entre ses deux
grosses poignes aux doigts velus et courts. Sa

figure s'était rassérénée, et il balbutiait d'une voix étranglée :

— Je n'en demandais pas davantage, mademoiselle... J'ai la conviction que vous serez une bonne femme comme je m'efforcerai d'être un bon mari ; et..., je ne sais pas tourner de belles phrases, mais je suis heureux, très heureux de ce qui arrive aujourd'hui !

Un pâle sourire, pareil à la flamme fugitive d'une bougie qui se meurt, courut sur les lèvres de Claudia. La main que Prosper continuait de serrer entre les siennes restait toujours inerte et glacée, mais dans son émoi il ne s'en apercevait pas.

— Merci ! s'écria-t-il, voilà qui est entendu... Nous nous marierons le même jour que votre sœur, et ce sera un beau jour pour la maison du *Fil de la Vierge !*... Je descends,... je vais annoncer à Mme Tavan et à votre oncle que tout est arrangé entre nous... Mais avant que je vous quitte, mademoiselle Claudia, voulez-vous me permettre, comme fiancé..., de vous donner le baiser des accords ?... Voulez-vous ?...

Sans répondre, elle se leva, avança la tête, et Baduel, enchanté, appuya ses lèvres moustachues sur chacune des joues de la jeune fille, y fit claquer un gros baiser et s'en alla tout ragaillardi.

Mais, dès que la porte du palier se fut refermée

sur lui, Claudia s'accrocha, chancelante, au bord de la table et retomba sur sa chaise, comme accablée par cette lourde caresse qui lui avait causé une sorte de heurt interne et qui provoquait sur ses lèvres et dans tout son corps un involontaire frémissement de répugnance.

Tout était fini. Elle avait donné sa parole; elle était, à partir de ce soir, liée à cet homme dont les lèvres, en touchant sa joue, avaient déterminé une invincible sensation de malaise et de crainte. S'il en était ainsi au premier contact, dès la première et la plus banale caresse, comment supporterait-elle cette longue épreuve, quand, après le mariage, elle lui appartiendrait tout entière; lorsque, suivant les paroles de l'Église, « ils seraient deux dans une même chair?... Et cependant elle avait promis et *elle voulait* tenir sa promesse.

Entre les quatre murs de la salle nue et correcte, dont la froide lumière de novembre faisait miroiter les boiseries de noyer ciré, il se passait dans cette âme de jeune fille une silencieuse tragédie à laquelle se mêlaient, comme un ironique contraste, les bruits prosaïquement familiers de la maison et de la rue; — le ronflement intermittent du poêle allumé pour le dîner et qui achevait de s'éteindre, les lambeaux d'un cantique chanté par Philomène en balayant sa cuisine, le sifflet du bateau à vapeur donnant le signal du départ, le ronronnement sec et strident de la roue du rémouleur installé sur la place...

— Je vaincrai mes répugnances, se disait Claudia, je m'habituerai à lui; j'avais rêvé une autre vie, un autre avenir, je chasserai de mon cerveau tous ces rêves romanesques et je mènerai l'existence d'une bonne femme de commerçant, tout occupée du bien-être de son mari et de la prospérité de sa maison.

Mais à côté d'elle, comme si son être se fût dédoublé, une mystérieuse voix semblait protester : — « Hélas ! objectait cet invisible contradicteur, chasseras-tu aussi de ton cœur l'image de celui qui a suscité en toi tous ces beaux rêves ?... Tu as pu, sans mentir, affirmer à Prosper que tu ne te mariais ni par dépit ni par suite d'un coup de tête ; mais au cas où il t'eût demandé si ton cœur était entièrement libre, quelle réponse aurais-tu pu lui faire ?... Tu as beau t'en défendre, tu aimes encore Maurice... Et tu es destinée à vivre dans le pays même où est né cet indéracinable amour !... Les murs de cette maison que tu continueras d'habiter te parleront de lui, tu reverras la place où il s'asseyait, le piano devant lequel il chantait le soir, la fenêtre du salon où vous veniez vous appuyer tous deux en regardant le soleil descendre sur les sapins du Crêt-du-Maure. Quand tu sortiras, tu apercevras à l'ho-

rizon la cime du Parmelan où tu l'as rencontré ;
quand tu te promèneras aux Grangettes au bras
de ton mari, tu passeras par les chemins que tu
as parcourus avec Maurice et tu retrouveras la
tonnelle où vous vous êtes avoué votre amour...
Encore s'il s'éloignait de toi pour toujours, tu
pourrais espérer que, grâce à l'absence, la tendresse d'autrefois finirait par s'affaiblir et par ne
laisser dans ton âme qu'un souvenir de plus en
plus effacé, qu'une mélancolie de moins en moins
périlleuse? — Mais il va épouser ta sœur, il sera
forcément mêlé à ta vie, ils reviendront tous deux
à Annecy à chaque retour des vacances ; tu seras
obligée d'entretenir avec lui d'étroites relations
familières, et tu n'auras même pas le droit de dire
à Prosper que tu ne veux plus le revoir. Comment supporteras-tu cette nouvelle épreuve?
sauras-tu résister aux pensées mauvaises, aux
regrets coupables qui résulteront d'une continuelle comparaison entre le mari auquel tu appar-
tiendras et le mari que tu aurais pu posséder?... »
Elle se sentait envahie par une décourageante
tristesse en écoutant cette cruelle protestation
intérieure ; puis, toute sa loyauté se révoltait et
elle se répliquait à elle-même avec une énergie
désespérée : — « Non, j'ai promis d'être une
femme fidèle et dévouée ; Prosper s'en est allé
tranquille en se reposant sur ma promesse, et je

veux, *je veux* rester honnête... Je mourrai plutôt que de manquer à ma parole! »

La tête serrée dans ses mains, elle priait la Vierge de lui venir en aide. Toute sa dévotion d'autrefois, un moment attiédie par des préoccupations profanes, lui remontait du cœur aux lèvres, et elle s'adressait à Dieu pour lui demander la grâce de rester une épouse fidèle, avec cette même effusion d'âme dont jadis, sur le chemin de Saint-Clair, elle l'avait remercié de lui avoir donné l'amour de Maurice.

Le jour s'atténuait; le soleil qui se couchait là-bas derrière le Semnoz jetait sur les lambris de noyer un reflet rouge qui, peu à peu, allait décroissant et que remplaçait une douteuse clarté crépusculaire. Claudia demeurait plongée dans sa méditation douloureuse sans se douter de la fuite des heures. — Tout à coup, la porte du fond s'ouvrit, et en relevant la tête elle aperçut Françoise qui venait d'entrer. — Cette dernière avait revêtu sa robe la plus seyante et arrivait, légère, presque radieuse. Sur cette âme superficielle, les angoisses et les désespoirs de la matinée avaient déjà glissé sans presque laisser de trace. Claudia se dressa brusquement en face de sa sœur et, lui saisissant le bras :

— Écoute, lui dit-elle d'un ton de commandement, je ne t'ai encore rien demandé pour prix du sacrifice que je t'ai fait... J'ai cependant une prière à t'adresser, et *il faut* que tu me l'accordes... Une fois mariée, tu demeureras à Grenoble, mais tu seras naturellement forcée de te montrer quelquefois à Annecy... Tu vas me promettre d'user de tout ton pouvoir sur M. Tournyer pour l'empêcher de revenir ici pendant que j'y serai.

— Mais, Claudia, répondit Françoise interloquée, songe que ce n'est guère possible... Que penseront nos parents et le monde?

— Ils penseront ce qu'il leur plaira, répliqua Claudia avec une énergie farouche... Je veux que tu me donnes ta parole!

— Comme tu es drôle!... Enfin, soit, je te le promets.

— Jure-le!

— Je... le jure! murmura l'autre, subjuguée par la volonté impérieuse de son aînée.

— Bien, dit Claudia en lui lâchant le bras; souviens-toi de tenir ton serment: ton repos et le mien en dépendent.

XV

ENDANT les trois semaines qui précédèrent la double cérémonie nuptiale, tout se passa comme Claudia l'avait désiré. Dès le lendemain des accords, Maurice s'absenta sous prétexte d'annoncer son mariage à ses parents d'Albertville. Puis il se rendit à Grenoble afin de préparer son installation et de faire visite au personnel universitaire; il ne reparut à Annecy que la veille du jour fixé pour la noce. Dans l'intervalle, la maison du *Fil de la Vierge* fut livrée aux ouvriers et aux couturières; on travaillait au trousseau des deux fiancées; on aménageait l'appartement destiné à Prosper et à sa femme. L'oncle César avait décidé que cet appartement occuperait l'ancienne chambre à coucher des jeunes filles, et qu'on y adjoindrait deux pièces contiguës qui jusque-là avaient servi de débarras; les deux sœurs durent céder la place aux menuisiers et aux tapissiers, et camper séparément dans des chambrettes situées au-dessus du magasin. De cette façon, Claudia fut même dispensée de se retrouver chaque soir en tête-à-tête avec Françoise, dont le frivole affairement et les airs triomphants lui devenaient insupportables. — Dans sa joie égoïste d'être délivrée de toute appréhension et de posséder le mari qu'elle avait désiré, Françoise semblait oublier l'héroïque sacrifice de sa sœur; elle n'était préoccupée que de l'effet de sa toilette et de la pompe de la cérémonie; elle passait ses journées en conférences avec les couturières et ses demoiselles d'honneur. Claudia, elle, restait muette et se prêtait avec indifférence à l'essayage des robes et du trousseau.

Au milieu de l'agitation qui emplissait le logis, elle trouvait une mélancolique satisfaction à s'abstraire de tout et à s'isoler. Elle essayait de s'habituer à vivre avec les pensées douloureuses qui ne la quittaient plus; elle s'exhortait à supporter avec une apparente bienveillance la timide cour que Prosper Baduel lui faisait tous les soirs. Mais elle avait beau prendre sur elle, quand le crépuscule tombait et qu'approchait le moment où son fiancé, après s'être mis en frais de toilette, allait apparaître dans la salle à manger, elle était saisie d'un frisson de fièvre qui ne la quittait plus de toute la soirée. Lorsque enfin, à l'heure du coucher, elle rentrait dans sa chambre, elle se sentait brisée, physiquement courbatue comme après une marche pénible, et si lasse qu'elle avait à peine la force de se dévêtir. Elle trouvait mortellement longues ces soirées où, dans un coin de la salle, elle restait face à face avec Prosper; elle laissait à chaque instant tomber la conversation, que Baduel s'évertuait à animer par des monologues attendris; — et cependant elle souhaitait de voir les heures s'allonger encore, en songeant à l'époque de plus en plus rapprochée où le mariage aurait lieu. Elle était effrayée de la rapidité avec laquelle les jours se succédaient. Par moments, la proximité de la terrible échéance la révolutionnait tellement, qu'elle se demandait si elle n'agirait pas mieux en inventant un prétexte pour ajourner l'exécution de sa promesse. Puis elle songeait que tout était prêt: les bans avaient été publiés, les invitations étaient lancées, l'oncle César avait commandé à l'hôtel d'Angleterre un déjeuner dînatoire pour les deux noces... Personne n'eût consenti à l'ajournement proposé. D'ailleurs n'était-ce pas elle qui, dès le premier jour, avait exigé que le double mariage

eût lieu au plus vite, afin de sauver la réputa-
tion de Françoise, dont la grossesse remontait
déjà à la fin d'octobre ? — Non, il n'y avait pas
d'échappatoire possible, il fallait tenir la parole
solennellement donnée et se montrer courageuse
jusqu'au bout !... Claudia ne dormait plus :
chaque matin elle se levait, la tête lourde, en se
disant avec des transes : — « Plus que trois
jours !... Plus que deux jours !... » — Puis vint la
matinée où elle songea avec désespoir, en voyant
une bleuâtre clarté traverser les carreaux blancs
de givre : — « C'est pour aujourd'hui !... »

Mme Tavan entra de bonne heure dans sa
chambre et s'étonna de ne la point trouver encore levée. La maison était déjà sens dessus dessous. Les volets du magasin n'avaient pas été
enlevés, et, sur la porte close, l'oncle César avait
collé une pancarte où on lisait: « Fermé pour
cause de mariage. » Les voitures de noce station-
naient sur la place Saint-François, et les sabots des
chevaux aux têtes enrubannées sonnaient sur le
pavé. Dans toutes les pièces on s'habillait en hâte.
Les couturières, aidées des demoiselles de magasin, montaient et descendaient précipitamment
les escaliers, et, au tournant des marches, bruis-
saient des frous-frous de robes et de jupons portés
à bras tendus. Les escarpins neufs de M. Dumoulin craquaient sur le parquet; il était le premier

prêt et gourmandait les retardataires. Claudia se laissait habiller et coiffer machinalement, avec des gestes automatiques. Elle restait impassible, les dents serrées, les lèvres glacées, et il lui semblait qu'on assénait sur sa tête de violents coups de marteau. Lorsque le coiffeur eut terminé l'arrangement du voile, une des habilleuses dressa devant elle une grande glace qu'on avait posée contre l'une des parois de la chambrette, et s'écria : — « Regardez comme vous êtes belle, mademoiselle ! » — Elle se leva, plus pâle que le tulle de son voile, en se demandant si elle n'allait pas s'évanouir. Quand elle vit surgir du champ du miroir cette forme blanche enveloppée de voiles neigeux, elle eut un coup au cœur et se détourna en frissonnant.

Lorsqu'elle entra dans le salon, tout bourdonnant d'invités, la tête lui tourna un moment. Françoise était déjà là, radieuse, étalant devant les demoiselles d'honneur la traîne de sa robe de faille et causant avec une aisance et une gaieté qui stupéfièrent Claudia. Il lui fallut subir les embrassades et les félicitations de tout ce monde ; puis soudain, tandis qu'elle répondait aux questions banales avec un vague sourire sur les lèvres, elle vit entrer Maurice Tournyer. Le futur mari de Françoise n'avait ni l'entrain ni les airs triomphants de sa fiancée, ses traits étaient tirés, et sa pâleur était encore accusée par les couleurs sombres de l'habit et les tons noirs de la barbe. Il s'avança gravement, puis les embrassades recommencèrent. Quand il s'inclina devant Claudia et lui toucha la main, celle-ci crut que pour le coup son courage allait la trahir. Heureusement Prosper Baduel apparut à son tour, sanglé dans son frac, essoufflé, rouge, et ayant sur sa grosse figure un air de jubilation. Pour la première fois peut-être, Claudia lui sut gré de son empressement; cela faisait diversion et coupait court au tête-à-tête. Elle l'accueillit avec un sourire de reconnaissance. Le pauvre garçon était tellement ému qu'il ne pouvait boutonner ses gants; elle se pencha vers lui et resta ainsi affairée à le ganter pendant quelques minutes, tandis que Maurice, encore plus rembruni et plus défait, allait s'entretenir avec Mme Tavan.

Enfin, le cortège étant au complet, on monta en voiture et on se rendit à l'hôtel de ville, qui se trouve à quelques centaines de pas du magasin du *Fil de la Vierge*. Une demi-heure après, la cérémonie civile était terminée, et les voitures, se suivant à la file, se dirigeaient bruyamment vers la cathédrale, dont les cloches sonnaient en volée.

Une haie de curieux s'échelonnait sur les marches du parvis; la double rangée des têtes aux yeux écarquillés montait jusqu'au portail, grand ouvert, où se tenait le suisse en uniforme rouge, et par la baie duquel on apercevait tout au fond le maître-autel étoilé de cierges. — Tandis que le cortège se reformait, le suisse frappait le pavé de sa hallebarde, et l'orgue emplissait la haute nef sonore des notes graves et lentes d'une marche nuptiale. Les deux mariées s'avançaient d'abord, l'aînée au bras de l'oncle César, la cadette conduite par un ami de la famille, — et Claudia, tout en marchant les yeux tristement baissés, se rappelait que c'était ainsi qu'elle avait souhaité de se montrer fièrement aux regards de la ville entière, à côté de Maurice, le jour où leur patient amour serait enfin béni à l'église. — La noce s'assit au milieu du transept, en face de la grille du chœur; Françoise et Maurice, Claudia et Prosper en avant, sur une même ligne. Les fauteuils de M. Tournyer et de Claudia se touchaient presque; le voile de la jeune fille effleurait les vêtements du jeune homme, et cependant cette cérémonie, qui les rapprochait si étroitement, allait tout à l'heure les séparer à jamais!... On procéda à la bénédiction nuptiale; un vieux chanoine, parent de M. Dumoulin, adressa aux mariés un discours plein de bonnes intentions et de phrases fleuries où il félicita les deux familles d'avoir pu, le même jour, consacrer « au pied des

autels la double union de ces jeunes âmes et
offrir en même temps à Dieu les prémices de
leur double bonheur. » — Pendant qu'il parlait,
Claudia revoyait sous un tiède soleil d'automne
le verger de Dingy, la treille chargée de raisins,
la terrasse d'où l'on entendait le bouillonnement
du Fier, et elle se répétait, comme un accompagnement ironique au discours du prêtre, les paroles du père Bouvard : « Rien de meilleur que
le mariage quand on est d'accord... Il n'y a de
dommage que si l'on s'épouse à contre-cœur!... »

Après la bénédiction, la messe commença,
servie, selon l'usage savoyard, par les deux premiers garçons d'honneur des mariés. — Prosper
Baduel, la mine épanouie, écoutait avec un doux
attendrissement les versets et les répons ; Maurice,
très grave et très pâle, regardait droit devant lui,
n'osant détourner les yeux de peur de rencontrer
ceux de Claudia agenouillée à son côté ; Françoise, très maîtresse d'elle-même, oubliait de se
recueillir pour jeter, à droite et à gauche, un coup
d'œil satisfait sur les bancs et les chaises de la
nef où se pressait toute la société commerçante et
bourgeoise d'Annecy. L'orgue ronflait avec am-
pleur, et Claudia, penchée sur son prie-Dieu, la
tête à demi cachée par son paroissien ouvert,
songeait que c'était sous ces mêmes voûtes qu'elle
avait revu Maurice après la course du Parmelan.

Elle se rappelait comme elle avait rougi en apprenant qu'il était là, derrière elle ; comment elle avait laissé tomber son livre afin de se ménager le moyen de l'entrevoir, et comment un faible espoir d'être aimée avait tout d'un coup germé dans son cœur, tandis que l'orgue modulait des phrases d'une exquise suavité. — Maintenant, cette musique religieuse emplissait encore la nef, — mais avec quelle expression tragiquement menaçante cette fois! — Ce même homme qu'elle avait adoré était également à ses côtés et il appartenait à une autre!... Tout à l'heure, il quitterait la ville pour toujours, ayant à son bras cette autre femme à laquelle il prodiguerait des tendresses sincères ou feintes, et elle, Claudia, resterait seule, frustrée de son amour, liée pour la vie à Prosper Baduel, qui, lui aussi, réclamerait ses droits de mari!... Ne lui avait-elle pas juré devant le maire fidélité et obéissance? et là, en face de Dieu, ne venait-elle pas de lui promettre de l'aimer et de le servir?... Ce n'était pas tout de promettre, il fallait tenir. Elle avait presque poussé ce brave garçon à l'épouser, bien qu'il eût à moitié renoncé à ses prétentions et à ses espérances; c'était elle qui, spontanément, l'avait déterminé à reprendre un projet de mariage à peu près abandonné. Elle deviendrait la dernière des créatures si, à présent, elle se jouait de lui et si elle le rendait malheureux, quand il s'était fié à sa parole. — Alors, tandis que le prêtre, les mains étendues devant l'antiphonaire, murmurait en latin : « O mon Dieu, faites que, chaste et fidèle, elle se marie en Jésus-Christ, qu'elle soit aimable pour son mari comme Rachel, sage comme Rébecca, fidèle comme Sara,... que l'auteur du péché ne trouve rien en elle qui soit de lui, qu'elle demeure ferme dans sa foi et dans l'observance de vos commandements..., » Claudia suppliait désespérément Jésus et la Vierge de lui donner la force d'accomplir ses devoirs d'épouse...

Après les formalités et les congratulations de la sacristie, au milieu d'un grouillement de curieux, les couples de la noce remontèrent en voiture, et, dans une clameur de claquements de fouet, de roues résonnantes, de piaffements de chevaux, descendirent sous la marquise de l'hôtel d'Angleterre. Le déjeuner commandé par l'oncle César les attendait au premier étage. Il eut toute la banalité bruyante, toute la grosse gaîté, qui accompagnent d'ordinaire les repas nuptiaux. Parmi l'expansive loquacité de tous ces convives lâchant la bride à leur appétit et surexcités par les vins blancs du cru, la taciturnité de Claudia passa presque inaperçue. Elle faisait de vains efforts pour porter quelques morceaux à sa bouche, mais elle ne pouvait manger ; le cœur lui défaillait rien qu'à l'odeur des sauces, et à chaque instant elle se croyait sur le point de se trouver mal. Comme contraste, la joie de la jeune Mᵐᵉ Tournyer se répandait avec une exubérance qui devenait presque gênante pour Maurice. Au dessert, lorsqu'on déboucha les bouteilles de champagne, Françoise se leva et, les yeux brillants, le sourire aux lèvres, fit le tour de la table, heurtant son verre à ceux de tous les convives. Maurice, que ces démonstrations tapageuses rendaient nerveux, s'empressa de rappeler à Mᵐᵉ Tavan que le train se dirigeant sur Chambéry et Grenoble partait à cinq heures, et que lui et sa femme n'avaient que juste le temps de changer de toilette. Alors il y eut un remue-ménage autour de la longue table, chacun quitta sa place pour tendre la main ou donner une embrassade aux voyageurs.

Mᵐᵉ Tavan devait seule les accompagner à la gare. Prosper Baduel entraîna Claudia, et ils reconduisirent le couple Tournyer jusque dans le vestibule. Là, les embrassades recommencèrent, et force fut à Claudia, pour sauver les apparences, de recevoir le baiser d'adieu de Maurice. Lorsque les lèvres du jeune homme touchèrent les joues glacées de sa belle-sœur, il lui chuchota à l'oreille : — « Pardon ! » — puis, emporté par son émotion, il la serra vivement contre sa poitrine. Elle s'arracha brusquement à cette étreinte :

— « Adieu! » murmura-t-elle.

Tandis que Prosper, Maurice et Mme Tavan se dirigeaient vers la voiture, les deux sœurs restèrent un moment en arrière, et Françoise voulut aussi embrasser Claudia; mais celle-ci saisit les poignets de la jeune femme et la tint à distance.

— Oh! Claudia, supplia Françoise, tu m'en veux donc toujours?

— Oui, dit l'aînée d'une voix sourde; va-t'en, et n'oublie pas ta promesse!

— C'est bien, sois tranquille! reprit l'autre vexée. — Et ramassant la traîne de sa robe, elle s'enfuit légèrement vers la voiture où Mme Tavan et Maurice avaient déjà pris place.

Prosper et Claudia remontèrent lentement au premier étage.

— Sont-ils heureux de s'en aller! s'écria le brave Baduel en serrant le bras de sa femme; je voudrais qu'il fût neuf heures pour que nous pussions en faire autant!

Claudia restait muette. Elle aurait voulu, elle, que la nuit ne vînt jamais.

Quand ils rentrèrent dans la salle à manger, chacun s'était remis à festiner; les bouchons de champagne partaient dans tous les coins, les verres se choquaient au milieu d'éclats de rire, et le brouhaha des voix faisait tinter les vitres. Tout à coup, dans un silence relatif, quelqu'un se leva et entonna une chanson de circonstance; puis chacun chanta la sienne à la ronde. Quand on fut fatigué de romances et de chansonnettes comiques, les jeunes gens, laissant les vieux savourer le café et les liqueurs, passèrent dans un salon contigu. L'un d'eux se mit au piano et on organisa une sauterie. Claudia excitait les danseurs et leur donnait elle-même l'exemple, en entraînant Prosper dans un quadrille. Elle semblait chercher à s'étourdir, à dissiper, à force d'agitation, la fièvre qui battait sous ses tempes; — ou plutôt, elle se disait que, tant que les danses ne languiraient pas, son mari ne la presserait point de partir, et elle s'efforçait de stimuler le zèle du pianiste, faisant succéder une polka à une valse, un lancier à une mazurka, sans laisser aux danseurs le temps de se refroidir.

Prosper, néanmoins, consultait impatiemment sa montre. Enfin, vers neuf heures, il jugea qu'il pouvait sans scrupule fausser compagnie aux gens de la noce en les confiant aux soins de l'oncle César. Sur un signe de lui, un des garçons d'honneur alla s'assurer qu'une voiture était disponible, puis d'une voix légèrement tremblante Baduel dit à Claudia en la tirant à part:

— Il faut partir... Votre mère nous attend, et la voiture est en bas...

Elle inclina la tête en manière d'assentiment, puis, tandis qu'au premier étage le brouhaha continuait, scandé par les accords du piano et les pas des danseurs, le couple s'esquiva.

De l'hôtel d'Angleterre à la place Saint-François la distance n'est pas grande, et les jeunes mariés n'eurent pas le loisir d'échanger de nombreuses paroles. Prosper était encore en train de chercher dans sa tête une phrase tendre destinée à rendre l'entretien plus intime, que déjà la voiture s'arrêtait devant le *Fil de la Vierge.*

Ils trouvèrent Mme Tavan qui les attendait au premier étage. Avec son caractère énergique et positif, la veuve n'était guère portée aux scènes de sensiblerie. De même que, sans trop s'émouvoir, elle avait, à la gare, confié Françoise à M. Tournyer, elle n'était pas disposée à s'attendrir beaucoup plus en remettant Claudia aux mains de Prosper. Elle pensait qu'en ces délicates matières les préambules les moins longs sont les meilleurs et qu'entre jeunes mariés les choses s'arrangent d'elles-mêmes dans l'intimité du tête-à-tête. Aussi, après avoir chuchoté quelques brèves recommandations à l'oreille de Claudia et serré significativement la main de son gendre, elle conduisit les deux jeunes gens jusqu'au seuil du deuxième étage, les embrassa et se retira discrètement en leur souhaitant le bonsoir.

Le nouvel appartement aménagé pour les époux avait un aspect accueillant et hospitalier, avec son frais papier à fond clair, ses tapis et ses meubles neufs. Il était composé de deux pièces : un salon doucement éclairé par des bougies et où un bon feu flambait dans la cheminée de marbre blanc ; puis une chambre à coucher dont la porte ouverte laissait apercevoir l'intérieur plus sombre, plus mystérieux, où luisait modestement une clarté de veilleuse.

Claudia s'était approchée du feu et s'efforçait de dissimuler le tremblement qui lui secouait tout le corps. Elle grelottait ; ses dents claquaient et il lui étaient impossible de prononcer une parole. Elle se blottit dans un fauteuil et, languissamment, les yeux fermés, la tête tourbillonnante, elle se mit à tisonner le brasier.

Pendant toute la soirée, Prosper Baduel n'avait pensé qu'à l'heureux moment où il resterait seul avec sa femme, dans ce petit appartement qu'il avait arrangé avec amour et qui allait désormais être leur nid. Il avait trouvé que le temps ne marchait pas assez vite, et souhaité ardemment d'entendre sonner neuf heures. Maintenant il était pris d'une timidité et d'un embarras sans pareils. Malgré sa robuste carrure et ses moustaches militaires, le brave Baduel était fort gauche avec les femmes, et il ne savait de quelle façon commencer son rôle de jeune marié. Sous sa grosse enveloppe il avait une certaine délicatesse de cœur, et il comprenait tout ce qu'une fille comme Claudia pouvait éprouver de confusion et de pudique appréhension, à l'idée de se dévêtir presque sous les yeux d'un homme qui n'était encore pour elle qu'un étranger. Il résolut de lui offrir de se retirer pendant qu'elle procéderait à sa toilette de nuit. Mais quand il lui fallut formuler la chose, il fut plus embarrassé que jamais, ne trouvant pas de paroles assez adroites pour l'exprimer. Il rougissait lui-même en songeant à tous les sous-entendus qu'une pareille proposition laissait entrevoir. — « Non, se disait-il, au lieu de l'effaroucher tout d'abord, il vaudrait mieux chercher à l'apprivoiser peu à peu, en causant avec elle comme un bon camarade et en arrivant ainsi insensiblement à gagner sa confiance. » — Il poussa un second fauteuil près de la cheminée et s'y assit à côté de Claudia.

— Êtes-vous fatiguée? demanda-t-il doucement.

Elle tressaillit en entendant la voix de Prosper si près d'elle, puis empressée à saisir l'occasion de retarder le moment tant redouté, elle se hâta de répondre :

— Non..., j'ai seulement un peu froid!

— En effet, reprit-il en levant les yeux vers
elle, vous êtes pâle... Au sortir de cette salle à
manger où l'on étouffait, l'air du dehors vous aura
morfondue... Si vous voulez, nous nous réchauffe-
rons en causant quelques instants au coin de ce
bon feu ?

— Très volontiers.

Tout à l'heure, dans la voiture, elle s'était déjà
reproché de lui montrer trop de froideur; à présent qu'elle était sa femme, ne devait-elle pas
commencer à tenir les promesses qu'elle lui avait
faites, qu'elle s'était faites à elle-même et qu'elle
avait renouvelées ce matin devant le maître-autel
de la cathédrale? Le moment n'était-il pas venu
de lui marquer par des façons plus affables qu'elle
voulait être une épouse affectueuse et dévouée?...
Dans sa tête en désordre, elle cherchait quelques
paroles aimables à lui dire et ne trouvait rien.

— C'est vous qui devez être las! murmura-
t-elle enfin; vous vous êtes donné tant de mal
aujourd'hui pour accueillir tout ce monde de la
noce et faire les honneurs du dîner... Vraiment je
vous admirais!

— Bah! répliqua-t-il visiblement flatté, affaire
d'habitude!... Le magasin est une bonne école;
on se forme joliment le caractère à vivre au milieu de clients qui veulent être tous servis à la
fois, qui ne sont contents de rien et auxquels il

faut faire bon visage, malgré tout... D'ailleurs, voyez-vous, une besogne ne paraît jamais lourde quand on a le cœur joyeux, et aujourd'hui j'étais si heureux que j'aurais tenu tête à toute la ville!

Claudia ébauchait un vague sourire et restait silencieuse...

— Demain, nous nous reposerons, continua Prosper... Tenez, il me vient une idée..., une bonne! Afin d'échapper aux gens ennuyeux, allons à la campagne?... Il fait froid, mais il n'y a pas de neige sur les routes... Si vous y consentez, nous prendrons une voiture et nous irons passer notre journée aux Grangettes!

A ce nom des Grangettes, la jeune femme eut un douloureux frisson.

— Non, non! répliqua-t-elle avec vivacité, j'aime mieux ne pas sortir...

— Comme vous voudrez, reprit-il, étonné du peu de succès de sa proposition; je serais désolé de vous contrarier... Sachez-le bien, poursuivit-il en plaisantant, quoique M. le maire ait prétendu aujourd'hui que la femme doit obéissance à son mari, je veux autant que possible ne jamais contrecarrer vos désirs... Nous n'aurons qu'une même volonté, comme nous n'aurons qu'un même intérêt dans la vie; de cette façon nous nous entendrons toujours à merveille et nous nous rendrons mutuellement très heureux... N'est-ce pas..., Clau-

dia?... Vous me permettez bien de vous appeler
à présent Claudia tout court?

— Oh! certainement, balbutia-t-elle.

Sa conscience lui disait qu'à cette honnête et
cordiale déclaration de principes, elle aurait dû
répondre autre chose que cette sèche affirmation;
mais les mots affectueux qu'elle cherchait péniblement s'arrêtaient dans son gosier; ses lèvres
lourdes comme du plomb ne pouvaient parvenir
à les articuler. Sa gorge et ses tempes étaient serrées et en même temps il lui semblait que, dans
sa tête endolorie par un martèlement intérieur,
les idées se déformaient et se brouillaient de plus
en plus.

Prosper, lui, trouvait que ses efforts pour donner à la causerie un caractère plus intime n'abou-
tissaient guère. Il devenait évident que le soin
d'alimenter la conversation retombait tout entier
sur lui, et, comme il n'était pas très inventif, l'entretien languissait. Le brave garçon commençait
à craindre qu'en continuant sur ce ton, il n'avançât
pas beaucoup ses affaires. Il se demandait si réellement il n'y apportait pas trop de réserve.

« Je crois, songeait-il, que je serais mieux
dans mon rôle en menant les choses plus rondement... Une jeune fille est une jeune fille, et, naturellement, on ne peut exiger qu'elle aille de
l'avant... Si elle me mettait trop à l'aise, je serais

le premier à m'en offusquer; par conséquent, c'est
à moi, homme, de montrer un peu de hardiesse...
Voyons, si, pour débuter, je faisais une timide
allusion à notre situation de nouveaux mariés?... »

Il regarda la pendule dont on entendait distinctement le tic-tac dans le silence gênant qui
emplissait la chambre :

— Dix heures! insinua-t-il, votre sœur et
M. Tournyer doivent probablement approcher de
Grenoble...

Aucune entrée en matière ne pouvait être plus
malheureuse, et Prosper s'en fût immédiatement
aperçu si, au lieu de baisser le nez vers le brasier,
il s'était tourné vers Claudia. Le pâle visage de
la jeune femme avait pris une expression dure,
ses yeux bruns s'étaient agrandis et leurs regards
perdus dans le vague semblaient voyager à la
suite de Maurice et de Françoise. — Elle les voyait
tous deux, seuls, emportés par le train, blottis
dans un coin du wagon, Françoise se serrant câli-
nement contre ce mari, qu'elle aimait...

Prosper, sans rien remarquer, continua candi-
dement en remontant sa montre :

— Voulez-vous que je vous dise, Claudia?...
Je parie, moi, qu'ils n'ont pas été jusqu'à Grenoble... Ils se seront arrêtés à Chambéry et s'y
seront couchés... Cela ne vaut-il pas mieux que
de passer sa nuit de noce en chemin de fer?

Il se retourna alors en souriant tendrement vers sa jeune femme et fut frappé de l'altération de ses traits, du frémissement convulsif de ses lèvres décolorées :

— Qu'avez-vous ? s'écria-t-il en lui saisissant les mains... Vous êtes glacée !

— Ce n'est rien, murmura-t-elle en se levant d'un air égaré, j'ai un peu de fièvre.

— Chère Claudia, reprit-il, cette fatigante journée vous a épuisée... Il faut vous reposer !...

Il était debout près d'elle, la contemplant de ses gros bons yeux admiratifs et attendris. Il la trouvait adorable dans sa blanche robe de mariée, avec ses bandeaux blonds un peu échevelés par l'agitation de la danse, et il essayait de lui exprimer son admiration en pressant ses doigts frêles dans ses robustes mains :

— Vous êtes toute tremblante, ajouta-t-il.

— Oui, balbutia-t-elle d'une voix à peine articulée, il me semble que la tête me tourne.

— Claudia, appuyez-vous sur moi !... Je vais vous conduire dans votre chambre et je vous aiderai, si vous le permettez, à vous mettre à l'aise... Ayez confiance en moi, en votre mari qui vous aime... Je ne voudrais pour rien au monde vous effrayer, ni vous manquer de respect, je vous chéris trop pour cela... Claudia, chère petite femme !...

Il la serrait doucement dans ses bras et il cherchait à effleurer d'un baiser la chevelure dorée et frisottante de la jeune femme. Au contact de ses lèvres, sous l'étreinte des bras qui l'emprisonnaient, Claudia fut prise d'une soudaine défaillance. Elle poussa un faible cri plaintif, puis tout à coup Baduel sentit qu'elle chancelait et que sa tête s'en allait en arrière. Avec terreur il la déposa sur le canapé, évanouie, les yeux clos, la figure livide, — et voyant qu'elle restait sans mouvement, rigide comme une morte, il sortit effaré pour appeler Mme Tavan à son aide.

XVI

E T évanouissement, qui dura longtemps et qui mit sur pied toute la maison du *Fil de la Vierge*, n'était que le prélude d'une sérieuse maladie. Au sortir de cette syncope, Claudia fut prise d'une fièvre violente. — Le médecin de la famille, appelé dès le matin, déclara, après avoir examiné la jeune femme, que l'état général était peu satisfaisant et qu'il craignait une fièvre typhoïde compliquée d'accidents cérébraux. — Le chagrin et les préoccupations qui avaient été le lot de Claudia pendant ces derniers mois, la contrainte morale qu'elle s'était imposée, les angoisses qui avaient précédé le jour du mariage, avaient en effet amené dans son organisme de profondes perturbations. Bientôt il n'y eut plus de doute; l'affection cérébrale se caractérisa par des accès de délire succédant à des périodes de stupeur comateuse, et pendant trois semaines la malade fut en danger. Le pauvre Prosper Baduel ne quittait guère le chevet de sa femme; il n'entendait pas qu'elle eût d'autre garde-malade que lui ou Mme Tavan. Enfin, vers le vingt-cinquième jour, la fièvre diminua et le médecin put faire espérer une convalescence prochaine. De ces trois semaines d'agitations et d'accablement, Claudia ne se rappelait rien, sinon, pendant de brèves périodes d'intermission, la grosse figure de Baduel se penchant vers elle avec des yeux pleins de larmes. Peu à peu, les accès fébriles s'atténuèrent et disparurent; la convalescence commençait.

La jeune femme se réveilla et reprit conscience d'elle-même; mais elle était si faible que la plus légère secousse semblait devoir la rejeter dans l'anéantissement d'où elle sortait. Il lui fallut, comme un enfant qui vient de naître, rapprendre à se mouvoir, à marcher et à penser. Elle jouit d'abord silencieusement et avec un délicieux bien-être de cette lente renaissance. Elle avait des joies et des étonnements puérils pour tout ce qui frappait de nouveau ses sens ressuscités : — pour le rayon de soleil qui effleurait ses draps, la nourriture qu'on lui préparait, le son des cloches loin

taines, et le pépiement des oiseaux. Insensiblement, à mesure qu'elle reprenait des forces, son
intelligence se raffermit, les nuages qui envelop-
paient sa mémoire se dissipèrent et elle se rendit
nettement compte de sa nouvelle situation. Elle
se rappela le maître-autel étoilé de cierges de la
cathédrale, le brouhaha de la noce dans la salle
de l'hôtel d'Angleterre, le départ de Maurice et de
Françoise, puis cette veillée anxieuse dans le petit
salon, en tête-à-tête avec Prosper. — Elle était
mariée; ce grand lit à rideaux de reps bleu où
elle gisait étendue était son lit de noce; ce brave
Prosper, qui la soignait et à chaque instant entr'ouvrait doucement la porte pour savoir si elle
n'avait besoin de rien, était son mari. — Son ancienne existence de jeune fille semblait s'être
enfuie bien loin, et cette fièvre, qui l'avait accablée pendant des semaines, avait creusé entre elle
et le passé un abîme plein de cauchemars, d'où
elle sortait maintenant pour commencer une
autre vie, éclairée par une lumière différente et
composée d'éléments nouveaux.

Non seulement elle était liée à son mari par
les promesses qu'elle avait faites à la mairie et à
l'église, mais la reconnaissance lui créait encore
de plus impérieux devoirs. Elle savait à présent
de quelle sollicitude l'avait entourée Prosper du-
rant sa maladie; le médecin avait déclaré devant

elle que c'était à ces soins minutieux, à ce dévoûment de toutes les heures qu'elle devait sa guéri-
son. Par moment, il est vrai, quand elle resongeait
à la trahison de Françoise, à l'effondrement de
ses illusions, elle se disait que cette vie qu'on lui
avait rendue était un triste cadeau et qu'il eût
mieux valu qu'on la laissât disparaître dans le
trou noir où s'était enseveli son unique amour;
mais en somme elle vivait, et elle était trop honnête, trop sensée pour ne pas accepter les conséquences de cette existence qui recommençait. La
première condition de cette vie nouvelle, c'était
la paix de son intérieur et le contentement de son
mari. Déjà, lorsque Prosper s'empressait autour
d'elle, Claudia avait cru lire sur sa brave figure
ouverte une appréhension mêlée de tristesse, et
son cœur s'en était ému.

Une après-midi, tandis qu'elle reposait dans
son grand lit et qu'on la croyait assoupie, elle
entendit Baduel et sa mère causer dans le petit
salon contigu. Pendant la maladie, ses organes
s'étaient affinés et elle avait au plus haut point
cette sensibilité de l'ouïe qu'on remarque chez
certains convalescents. Bien que la conversation
dans la pièce voisine eût lieu à voix basse, Claudia
n'en perdait pas une syllabe:

— L'appétit revient et les forces reviennent
avec lui..., disait Prosper; aujourd'hui, elle est

restée levée six heures... La voilà maintenant haut la côte!...

— Grâce à vous, mon bon Prosper, répliquait Mme Tavan, car vous l'avez admirablement soignée et je vous en suis bien reconnaissante. Vous avez d'autant plus de mérite que c'était là un triste début pour un nouveau marié!... Enfin, il ne s'agit plus à présent que de patienter... Si le temps se met au beau, elle pourra sortir et le grand air achèvera de la fortifier... Alors vous retrouverez votre femme, vous pourrez jouir de votre lune de miel et vous serez au bout de vos peines.

— Croyez-vous, madame Tavan?

— Comment! mais oui, je crois!... Si Claudia ne vous dédommageait point par son affection de tous les tourments que vous avez eus, elle se montrerait trop ingrate!... Et elle ne le sera pas, je vous assure... Je connais le cœur de ma fille!

— Madame Tavan, reprenait Baduel après un silence, je voudrais savoir une chose... Excusez-moi si j'ai l'air de douter de vos paroles... Êtes-vous bien sûre que Claudia ait consenti de son plein gré à devenir ma femme?

— Mais... certainement. C'est elle qui nous a proposé de reprendre un projet que nous croyions abandonné. Ne vous l'a-t-elle pas déclaré elle-même formellement?

— Oui, elle me l'a dit, et pourtant, malgré cela, je doute encore... Tenez, il faut que je vous confesse tout, bien franchement... Pendant qu'elle avait le délire, elle parlait souvent, et le nom de Françoise, celui de M. Tournyer surtout, lui échappaient parfois avec une telle vivacité que cela m'a donné à réfléchir... Cette persistance à nommer Maurice, — elle l'appelait Maurice tout court, — m'a plus d'une fois tracassé... Je me suis demandé si elle ne regrettait pas que le choix de M. Tournyer se fût porté sur Françoise et si elle ne m'avait pas épousé par dépit, bien qu'en aimant un autre.

— Quelle folie ! se récriait Mme Tavan... Comment, mon pauvre ami, avez-vous pu vous mettre en tête de pareilles imaginations ?

— Oui, ce sont de folles imaginations, si vous voulez. Pardonnez-les-moi, mais elles me pourchassent tout de même... Mon cerveau travaille, je me figure que c'est le désespoir de s'être mariée avec moi qui a amené la maladie de Claudia, et cette idée fixe me rend très malheureux.

— Voyons, repartait la veuve, voyons, Prosper, soyez raisonnable, mon ami ! Pouvez-vous prendre au sérieux des paroles incohérentes murmurées en plein délire ?... Claudia aimait tendrement sa sœur, elle a eu beaucoup de chagrin de se séparer d'elle et de la voir emmenée à Grenoble par

M. Tournyer... Voilà l'explication très simple de ces deux noms qu'elle prononçait dans ses accès de fièvre... Ne vous créez pas de chimères et songez plutôt au moment où Claudia, bien portante, vous prouvera elle-même que vous vous êtes absolument trompé...

— Je le souhaite, sans quoi je serais trop misérable... Car, voyez-vous, moi, je l'aime !... Je l'aime encore mieux depuis que je l'ai vue si près de mourir et que j'ai senti quel coup ça me donnerait, si elle venait à s'en aller... Maintenant que je l'ai portée dans mes bras, soignée et dorlotée comme une enfant, elle m'est bien plus chère qu'avant, il me semble qu'elle m'appartient déjà un peu et il m'en coûterait de renoncer à gagner son amitié... Ne bougez pas, madame Tavan, je m'en vais voir si elle n'a besoin de rien...

A mesure que ces confidences de Prosper arrivaient jusqu'aux oreilles attentives de Claudia, la jeune femme sentait une pitié tendre remuer son cœur et des larmes très douces monter à ses yeux. Sa faiblesse physique surexcitait encore ses nerfs et bientôt des pleurs plus abondants roulèrent sur ses joues. En entendant son mari se diriger vers sa chambre, elle eut honte d'être surprise dans cet état et cacha sa tête dans son oreiller, mais pas assez vite pour que Baduel n'aperçût point son visage humide. Elle feignit de

dormir, et il se retira, de nouveau attristé et
assombri. — Que signifiaient ces larmes mystérieuses et hâtivement dissimulées? Pourquoi se
cachait-elle pour pleurer?... A mesure que la
santé lui revenait, se reprenait-elle déjà à regretter
sa condition présente?...

Pendant ce temps, Claudia songeait: « Non,
je ne veux pas qu'il soit malheureux! Si j'ai
renoncé à l'amour de Maurice pour sauver la répu-
tation de Françoise, c'est que j'ai jugé ce sacrifice
salutaire. Mais ce n'est pas tout de m'être déter-
minée à une action utile, je dois accepter entièrement les conséquences de la résolution que j'ai
prise. Maintenant que, pour éviter un scandale
déshonorant, j'ai épousé Prosper, ce serait un
acte déloyal de faire payer la tranquillité des
autres à cet honnête homme, en empoisonnant
sa vie. Je lui ai promis du dévoûment et de l'affection, je les lui dois et je veux les lui donner. »
— Plus elle y réfléchissait, plus elle se convain-
quait qu'en s'obstinant dans ses regrets, qu'en
n'essayant pas de surmonter ses répugnances, elle
n'aboutirait qu'à un seul résultat : — souffrir elle-
même et faire souffrir son mari. — Comme à un
grand fonds de sensibilité elle joignait un esprit
net et droit, elle ne se dissimulait pas que la vie
à venir ne serait tolérable qu'à la condition d'une
complète résignation au nouvel ordre de choses.

Précocement mûrie par les déceptions que lui
avait apportées le dernier automne, elle comprenait que tous ces grands bonheurs qu'on espère
au commencement de la jeunesse, ne nous paraissent si beaux que parce que nous les regardons
à travers les voiles du rêve. Ils ressemblent à ces
arcs-en-ciel dont les couleurs irisées nous attirent,
et qui s'évaporent à mesure que nous en appro-
chons. Insensiblement elle en arrivait à cette con-
clusion, que peut-être en ce monde la vraie félicité consiste à vaincre ses dégoûts, à accomplir
d'obscures tâches et à se soumettre à la médio-
crité de la vie de chaque jour. — L'amour qu'elle
avait rêvé était irréalisable, Maurice était loin et
elle ne devait plus le revoir; le bonheur sur lequel
elle avait compté lui avait manqué de parole...
Peut-être aurait-elle du moins un peu de contentement en essayant de rendre heureux ceux qui
vivaient à côté d'elle?...

Elle se réveilla le lendemain avec un sentiment
de rassérénement et de quiétude qu'elle n'avait pas
éprouvé depuis longtemps. Le soleil de mars
jetait de jolis rayons roses à travers les fenêtres,
et on devinait au dehors comme un premier sourire printanier. Les cris de la rue montaient plus
légers et plus gais dans l'air, les sifflets du bateau
à vapeur jetaient des appels stridents et suggé-
raient de vagabondes idées de navigation sur le

lac qu'on voyait bleuir tout là-bas. Claudia se
leva, s'habilla avec l'aide de sa mère et alla s'asseoir dans un grand fauteuil, — tout amusée à
suivre le va-et-vient des gens qui traversaient la
place, tout heureuse de se reprendre au spectacle
de l'animation de la rue.

— Prosper viendra tout à l'heure, insinua
Mme Tavan, très préoccupée de la conversation
de la veille; si tu étais gentille, tu lui permettrais
de monter son dîner ici?... Le pauvre garçon n'a
pas eu grand plaisir jusqu'à présent, et il sera
heureux de manger avec toi.

— Oui, maman, répondit-elle avec vivacité,
dis-lui que je l'attends et que je désire causer avec
lui.

Vers midi, Baduel, qui remontait du magasin,
entra dans le salon ensoleillé. Il portait avec précaution une corbeille qu'il découvrit d'un air de
mystère. Alors Claudia vit qu'elle était pleine de
ces larges primevères d'un jaune tendre qui
s'épanouissent dès le commencent de mars sur les
pentes gazonneuses exposées au midi.

— Oh! des fleurs, s'écria-t-elle; comme elles
sont fraîches!... Elles embaument!

— N'est-ce pas? dit Prosper que la joie de sa
femme ragaillardissait; elles étaient ce matin dans
le panier d'une paysanne qui est entrée au magasin... Elle voulait les porter au marché... J'ai pensé

que ces fleurettes vous feraient plaisir et j'ai acheté toute la panerée.

Claudia avait vidé le contenu de la corbeille sur la table ronde; cela formait une molle jonchée de corolles blondissantes et de tiges d'un vert pâle, dans lesquelles elle plongeait avec délices ses mains amaigries; puis, joignant ses deux paumes que le soleil rendait presque transparentes, elles les emplissait de primevères, les approchait de ses lèvres et respirait avec volupté cette rustique odeur mielleuse.

— Elles sentent le printemps! murmurait-elle avec un enthousiasme enfantin; comme je vous remercie de me les avoir apportées!... Vous ne pouviez pas me faire un plus grand plaisir!

Le brave Baduel était enchanté de la retrouver si expansive, si vivante et si affable. Il en oubliait ses inquiétudes de la veille; il la regardait avec des yeux humides. Elle laissa retomber les fleurs sur la table et saisit vivement la robuste main de son mari qu'elle serra dans les siennes:

— Vous êtes bon! s'exclama-t-elle... Écoutez, monsieur Prosper... Jusqu'ici je ne vous ai donné que du tourment et de l'ennui, et vous devez avoir une triste opinion de moi... Mais à présent que je vais mieux, je veux tenir les promesses que je vous ai faites en me mariant... Dès que mes forces seront complètement revenues, je m'occuperai de mon ménage, j'arrangerai notre intérieur de façon à ce que vous soyez heureux d'y revenir après votre travail de la journée et je m'efforcerai de vous donner tout le contentement que vous méritez d'avoir.

— Merci, Claudia, répondit-il très ému; je serai content surtout, si je vois que vous ne regrettez pas de m'avoir épousé... Et, tenez, voulez-vous déjà me faire un vrai plaisir?... Ne m'appelez plus « monsieur, » mais bien « Prosper » tout court, et permettez-moi de vous embrasser!

Elle se leva et lui tendit timidement le front; mais lui, l'entoura de ses bras, la pressa fortement sur sa poitrine et appliqua sur ses joues deux baisers résonnants.

— Ah! dit-il avec un profond soupir et en la déposant doucement dans son fauteuil, me voilà content comme un roi!... Vous voyez, Claudia, qu'il n'est pas difficile de me rendre heureux et que la recette est à la portée de la main...

Ils dînèrent gaîment en tête-à-tête, sur la table ronde, où les primevères, que Claudia avaient réunies en bouquet et placées dans un vase, mettaient comme un pâle rayon de soleil et répandaient leur fine odeur de printemps.

— Voilà, s'écria Baduel, quand, au dessert, la jeune femme lui prépara une tasse de café bouillant, le premier bon repas que j'aie fait depuis notre noce..., mais ce ne sera pas le dernier!... Claudia, ma chérie, vous n'aurez pas à vous repentir d'avoir eu confiance en moi. Je veux, à mon tour, que vous soyez heureuse!... Pour le moment, il faut songer à vous rétablir complètement et nous allons y employer le vert et le sec... Dès que le temps sera tout à fait beau, je louerai une voiture et je vous promènerai gentiment autour du lac, du côté de Menthon et de Talloires... L'air de la campagne vous redonnera des forces et vous verrez quelle bonne petite vie nous mènerons ensemble!... Ce sera charmant!

Il redescendit, rayonnant, au magasin, reprendre sa place auprès de Mme Tavan.

Pendant tout le temps que dura la longue convalescence de Claudia, le ciel des deux jeunes mariés fut d'une sérénité absolue. Ce n'était pas la lune de miel dans toute sa plénitude, mais c'en étaient du moins les lueurs avant-courrières et riches de promesses. La faiblesse de la jeune femme exigeait des ménagements, et le patient Prosper avait la sagesse de se contenter de ce qu'on appelle en amour « les menus suffrages. » Claudia, fidèle à sa bonne résolution et rassurée d'ailleurs peu à peu par la délicate réserve de son mari, s'efforçait de se montrer attentive, dévouée et chastement tendre. L'intérieur des nouveaux époux avait donc toutes les apparences d'une double félicité, et le tranquille bonheur du jeune ménage se reflétait sur toute la maison du *Fil de la Vierge*. Mme Tavan était enchantée de la tournure que prenaient les choses; l'oncle César se frottait les mains et tapait à chaque instant sur l'épaule de Baduel, en lui répétant d'un air satisfait : — « Hé bien! garçon, qu'est-ce que je t'avais dit?... Avoue que j'ai eu du flair et que tu me dois une fameuse chandelle!... »

Cependant, confinée dans la froide et maussade maison de la place Saint-François, Claudia se rétablissait lentement. Elle restait toujours pâle et un peu anémiée. Le médecin, consulté, conseilla le séjour de la campagne. On entrait en mai, et le printemps s'annonçait comme devant être exceptionnellement chaud. Prosper, avec l'assentiment de sa belle-mère et de M. Dumoulin, proposa à sa femme d'aller passer toute la belle saison aux Grangettes.

— C'est une excellente idée! s'écria l'oncle César, Claudia sera là-bas en bon air; les Bouvard lui tiendront compagnie; Prosper pourra venir tous les jours au magasin et rentrer chez lui pour souper, — à pied, les jours de beau temps, et en voiture, les jours de pluie... C'est convenu, n'est-ce pas, Claudette?

Claudia aurait préféré un tout autre séjour à

celui des Grangettes, où elle allait retrouver tant de souvenirs à la fois doux et amers; mais il lui était impossible de motiver son refus, et elle inclina la tête en signe d'assentiment.

— Bravo! continua M. Dumoulin, je vais dès demain mettre les ouvriers à Dingy... Sous la surveillance de Bouvard, ils approprieront le rez-de-chaussée, et, ma foi! pendant qu'ils seront là, je vous organiserai deux chambres de plus, qu'on prendra sur le grenier du premier étage... Vous serez contents de les trouver plus tard... On ne sait pas ce qui peut arriver, n'est-ce pas, Prosper? ajouta-t-il avec un malin clignement d'yeux et un coup de coude à l'adresse de son associé.

Baduel riait de son brave rire et en même temps, dans une agréable perspective imaginaire, il voyait se lever, au-dessus du verger des Grangettes, cette délicieuse lune de miel, si patiemment attendue et si ardemment désirée. Il se disait que ce serait là, au milieu de cette verdure printanière, qu'il goûterait enfin un bonheur complet, et l'alléchant espoir de cette saison d'amour à la campagne lui donnait de nouvelles forces pour patienter.

Grâce à l'activité de l'oncle César, les travaux d'appropriation et la création des deux chambres supplémentaires ne prirent pas plus de trois semaines. Mme Tavan se chargea des détails de

l'ameublement, de la pose des tapis, du rafraî-
chissement des tentures, et vers la fin de mai
tout fut prêt à recevoir les nouveaux hôtes des
Grangettes.

Le 1er juin, après le repas de midi, un landau
très confortable vint stationner à la porte de la
maison, et les jeunes mariés y montèrent avec
leurs menus bagages. M. Dumoulin aurait eu
bonne envie de les accompagner, afin de jouir de
leur émerveillement et de recevoir les compli-
ments dus à son talent d'organisateur; mais
Baduel le supplia de rester au magasin. Il voulait
voyager en tête-à-tête avec sa femme et lui faire
seul les honneurs des Grangettes.

— Compris! chuchota plaisamment César en
tapant sur l'épaule de Prosper... Allons, en route,
et bon voyage!

Il fit signe au cocher, et la voiture partit dans
la direction des Barattes : elle gravit lentement la
colline d'Annecy-le-Vieux, puis, à partir du
hameau de Sur-les-Bois, contourna les pelouses du
versant qui s'incline vers la vallée du Fier. Bien
que le soleil fût déjà chaud, la montagne de
droite, qui dressait à pic son mur verdoyant,
étendait son ombre sur la route; une fraîcheur
montait du couloir rocheux où le Fier se précipite
en bouillonnant. A mesure qu'on avançait, le
chemin se trouvait plus resserré entre les roches

grises, tachées çà et là de broussailles, marbrées de crevasses noires d'où des sources minuscules s'égouttaient avec un bruit cristallin. Sous cette rosée murmurante, dans chaque cassure de rocher, des oreilles-d'ours fleurissaient, exhalant une molle odeur de fleur d'oranger. A un brusque tournant, on aperçut, à l'extrémité de la gorge profonde et noyée d'ombre, la vallée du Fier qui s'élargissait au loin et dont le soleil illuminait les forêts touffues, les prairies en pente et la rivière aux nappes argentées.

Claudia, depuis si longtemps renfermée dans sa chambre de convalescente d'où l'on n'apercevait les montagnes que de très loin, poussa un cri joyeux à l'aspect de cet épanouissement lumineux de la nature printanière. — Tout s'unissait pour lui réjouir le cœur et les yeux dans ce paysage imprégné d'une poésie virgilienne : l'air transparent, les cimes aux lignes et aux couleurs harmonieusement fondues, la verdure dans son lustre neuf, les bois pleins d'oiseaux chanteurs. Prosper, heureux de voir sa femme rire et s'émerveiller, charmé de constater que ses joues pâlies se nuançaient de rose et que ses yeux reprenaient leur limpidité, ne laissait pas languir la conversation et se complaisait à détailler par le menu tous les embellissements qui avaient été exécutés aux Grangettes.

On atteignit ainsi le pont Saint-Clair, — et sans transition, la gaîté de Claudia tomba, brusquement éteinte; ses traits reprirent leur tragique immobilité et ses regards s'assombrirent sans que Baduel pût s'expliquer la raison de ce changement subit. — Hélas! la cause était pourtant là devant ses yeux, mais le brave Prosper n'avait pas assez de pénétration pour s'en rendre compte. Cette route verdoyante où le Fier bouillonnait, ces vergers de Dingy en amphithéâtre, ce Parmelan qui dressait là-haut son mur calcaire doré de soleil; — voilà ce qui avait soudain attristé la jeune femme en évoquant traîtreusement les souvenirs d'autrefois, en suscitant de mélancoliques comparaisons entre les sensations de l'été dernier et celles de l'heure présente. — Elle avait eu beau se répéter qu'elle voulait être raisonnable et ne plus songer au passé, à chaque tour de roue le paysage replaçait ce passé sous ses yeux. — Là, sur ce pont, elle avait à l'automne remercié le ciel de ce qu'elle était aimée de Maurice; ici à l'angle de cette haie d'aubépine, ils avaient mis tous deux pied à terre et s'étaient acheminés en tête-à-tête vers les Grangettes, dont on voyait déjà là-bas les toits bruns dans la verdure des noyers. Ces vergers pleins d'oiseaux, ces prés fleuris de narcisses, ces ruisseaux gazouilleurs n'avaient pas changé, eux!... Et leur gaîté si vivante, leurs frondaisons si touffues ne faisaient, par leur contraste, que rengréger dans le cœur de Claudia le deuil de toutes les joies mortes qui y gisaient.

Au grand étonnement de Prosper, elle ne retrouva plus ni un sourire ni une parole jusqu'à la cour des Grangettes où la voiture s'arrêta sous les noyers. — Sur le seuil de la porte cintrée, ils furent accueillis par le père Bouvard et sa femme Josette. Les figures aimables des deux vieux époux avaient conservé leur physionomie ouverte, et ils souriaient toujours, eux aussi, à travers les plis de leurs bouches ridées.

— Je vous salue bien, ma jeune dame, s'écria le père Bouvard, et vous pareillement, monsieur Baduel!... Il y a longtemps qu'on vous espérait aux Grangettes!... Ah! pauvre dame, vous n'avez pas les joues aussi roses que lorsque vous y êtes venue pour la dernière fois avec ce gentil monsieur qui a épousé votre sœur Françoise! — Mais patience! Lorsque vous aurez respiré un peu de temps notre bon air de la montagne, vos fraîches couleurs reparaîtront...

Elles reparaissaient déjà, — pour une autre cause, il est vrai. — Cette allusion à Maurice, faite en présence de Baduel, avait subitement empourpré les joues de Claudia, et elle s'était si fort décontenancée, que son trouble n'avait pu échapper à l'attention de Prosper. L'attitude embarrassée de sa femme le frappa; ses appréhensions d'autrefois se réveillèrent, et il commença à se demander si le souvenir de M. Tournyer n'entrait pas pour quelque chose dans cette mystérieuse mélancolie qui s'était emparée de Claudia sur le chemin de Dingy. Néanmoins, il fut assez maître de lui pour dissimuler ses préoccupations. Il s'empressa d'introduire la jeune femme dans l'intérieur de la maison, lui fit visiter en détail les chambres installées au premier étage; puis, redescendant au rez-de-chaussée, il lui montra le salon, transformé en salle à manger, ainsi que la chambre contiguë, tapissée à neuf.

— Les pièces du premier, dit-il, serviront à loger votre mère et M. Dumoulin, lorsqu'ils viendront nous voir; quant à celle-ci, ce sera *notre* chambre!

Claudia, d'un rapide coup d'œil, inventoria le mobilier : — une table de toilette dans l'angle de la croisée, une armoire à glace à l'autre coin, une commode à incrustations de cuivre, quelques fauteuils; et, dans le fond, un grand lit occupant un bon tiers de la pièce. — Elle comprit que, cette fois, la vie commune allait commencer réellement pour elle, et tout d'abord elle ne put réprimer un frisson; mais presque aussitôt elle se reprocha sévèrement ce dernier mouvement de révolte : — N'était-elle pas résolue à accepter son lot? N'était-elle pas résignée maintenant à remplir tous ses devoirs?...

Une collation avait été préparée dans la salle à manger. Les deux époux s'attablèrent vis-à-vis l'un de l'autre, et le babil de Josette Bouvard, qui les servait, remplit fort à propos les intervalles où la conversation languissait. Quand fut terminé ce repas, auquel Prosper seul fit sérieusement honneur, on passa dans le verger plein d'arbres fruitiers, dont les fûts noueux étaient à demi noyés dans la grande herbe.

Les résédas et les œillets s'épanouissaient au pied de la treille, dont la jeune verdure envahissait déjà les fenêtres, et l'approche du soir doublait l'intensité de leurs parfums. Les vieux pommiers tordus n'étaient pas encore défleuris; leurs pétales blancs et roses tournoyaient doucement dans l'air tiède. Le soleil avait disparu derrière la montagne de Veyrier; on sentait qu'avant une demi-heure les premières étoiles allaient poindre à l'horizon. Des rossignols chantaient de tous côtés. C'était une soirée à souhait pour une lune de miel commençante, et Prosper Baduel, bien qu'il ne fût nullement romanesque, subissait inconsciemment l'influence de cette féerie printanière. Il avait pris le bras de Claudia, et, le serrant tendrement contre sa poitrine, il s'efforçait d'entraîner sa jeune femme vers les allées les plus ombragées. Ils arrivèrent ainsi jusqu'à l'extrémité de la terrasse d'où l'on domine la vallée du Fier, et où un banc de bois dressait son siège vermoulu parmi les noisetiers et les lilas.

Claudia reconnut l'endroit, et les pulsations de son cœur la forcèrent à s'arrêter un moment.

— Vous êtes fatiguée, insinua Prosper, si nous nous asseyions ici?

— Non, non! protesta-t-elle avec une émotion qui étonna son mari.

— Quelques minutes seulement, insista-t-il, je vous en prie!

— Non, répéta-t-elle résolument, je sens déjà la fraîcheur du soir et je préfère marcher...

Elle tourna le dos au banc de bois et redescendit vers la maison. Prosper la suivit, tout pensif, à travers le verger. Il ruminait ce nouvel incident et se souvenait vaguement que l'oncle César lui avait parlé de cette tonnelle où il avait été chercher Claudia et Maurice le soir du voyage aux Grangettes. — A mesure que ce souvenir se précisait dans sa mémoire, un froid subit lui tombait aussi sur le cœur; des bouffées de jalousie lui montaient au cerveau, assombrissant tout d'un coup la splendeur de cette soirée de printemps...

Ils rentrèrent à la maison, dans la chambre commune, qu'ils partagèrent pour la première

fois; — mais, en dépit des rossignols qui chantaient leurs épithalames, — la lune de miel, tant
souhaitée par Prosper, se leva dans un ciel em-
brumé de nuées, et tout le charme initial en fut
à jamais gâté.

XVII

PROSPER BADUEL avait un esprit peu compliqué, mais net et clairvoyant. Il ne possédait qu'un petit nombre d'idées simples, un peu terre à terre et très arrêtées. S'il n'était nullement sentimental, en revanche il était bon, sensible, avec des facultés affectives très développées. Il avait aussi les défauts de ces qualités : il était susceptible à l'excès et fort exigeant en matière d'affection. Son amour pour Claudia ne l'aveuglait point; et, dès les premiers temps de son séjour aux Grangettes, il comprit clairement que, si elle avait consenti à devenir réellement sa femme, elle ne lui avait pas livré son cœur. Il démêla dans sa façon d'être une résignation passive, un devoir accompli sans tendresse,

et il en fut intimement blessé. Le corps lui appartenait, mais l'âme était ailleurs. Entre lui et
Claudia il devinait un inconnu mystérieux, une
influence étrangère qui absorbait les pensées de
la jeune femme et la rendait insensible aux
caresses de son mari. L'honnête Baduel ressentait
cette passivité comme une injure et devenait
silencieusement jaloux de cet insaisissable rival,
de cet invisible revenant qui semblait hanter les
Grangettes. Il enrageait de ne pouvoir l'étreindre
corps à corps, et l'impuissance où il était de
lutter contre un fantôme aigrissait encore ses
griefs contre Claudia. Il lui eût pardonné l'aveu
de ses regrets et de ses répugnances plus volontiers que cette muette impassibilité qui le morti-
fiait. Toutefois, tandis qu'il eût accueilli avec un
attendrissement miséricordieux un élan spontané
de confiance, il avait trop d'amour-propre pour
provoquer une confidence qui les eût soulagés
tous deux. Et ainsi, lui se renfermant dans sa
dignité, elle redoutant de laisser voir le fond de
sa pensée, ils vivaient chaque jour plus moralement étrangers l'un à l'autre, et chaque jour un
peu plus de froideur isolait leurs âmes.

Un soir de juillet, tandis qu'on rentrait les
foins dans les prés de Dingy, ils marchaient silencieusement à travers les allées du verger. Leur
promenade mélancolique les amena devant la

tonnelle de la terrasse, et Claudia s'écarta instinctivement pour éviter d'y entrer. Prosper, dont
l'esprit soupçonneux était toujours en éveil, sur-
prit cette manœuvre presque irréfléchie, et, pris
d'un accès d'humeur contredisante, insista pour
s'arrêter sous les noisetiers.

— Viens, dit-il, j'ai été sur pied toute la journée, et je ne suis pas fâché de me reposer un peu.
Viens t'asseoir sur ce banc...

Elle obéit, craignant de laisser deviner pour
quel motif cette station lui était douloureuse,
surtout à cette heure de la soirée. Ils s'assirent
l'un près de l'autre sur l'étroit banc vermoulu, et,
sans se parler, — l'un roulant des soupçons dans
son cœur aigri, l'autre s'efforçant de chasser des
souvenirs dont la cruelle douceur la poignait, —
ils écoutèrent distraitement les rumeurs éparses
dans la campagne : roulements de chariots char-
gés de foin, cris de pâtres sur les hauteurs, bouil-
lonnements lointains de la rivière. — Une odeur
d'herbes fauchées, s'exhalant de la prairie, leur
apportait ses haleines amoureuses. La lune surgit
au-dessus du Parmelan ; ses premiers rayons firent
scintiller les écailles de fer-blanc du clocher, les
vitres des maisons, et, tout là-bas, l'acier d'une
faux oubliée dans les prés. Comme Prosper relevait la tête, ses regards rencontrèrent les yeux de
Claudia, qui brillaient aussi d'un éclat mouillé.

— Pourquoi pleures-tu ? demanda-t-il avec une brusquerie irritée.

Claudia tressaillit, confuse de s'être abandonnée à cette furtive et dangereuse émotion.

— Moi ? murmura-t-elle, je ne sais... Pardon !... C'est nerveux.

Il haussa les épaules et répliqua impatienté :

— Allons donc ! Je vais te renseigner, moi !... Si tu pleures, c'est que tu n'as pas ce que tu désires ; c'est que tu regrettes quelque chose... ou quelqu'un !

— Non, protesta-t-elle d'une voix faible ; je ne désire rien et je ne regrette personne.

— Oserais-tu le jurer ?... Mais non, reprit-il sarcastiquement, ne me jure rien !... Je ne te croirais pas.

— Pourquoi doutez-vous de moi, Prosper ?

Elle s'était levée tremblante et prise d'une vague frayeur.

— Parce que, répondit-il, avant notre mariage, je t'ai demandé si tu m'épousais de ton plein gré et non par dépit, et tu m'as affirmé que oui.

— C'était la vérité.

— C'était un mensonge ! s'exclama-t-il avec violence, tu ne m'as pris que parce que tu ne pouvais en avoir un autre, qui te faisait faux-bond !

Le ton acerbe et emporté de Prosper avait fini
par révolter Claudia ; elle haussa les épaules à son
tour et repartit brièvement :

— On vous a mal renseigné.

— Possible !... J'en sais assez néanmoins pour
ne plus me laisser duper !...

— Restons-en là ! s'écria-t-elle impérieuse-
ment... Je n'aime pas les grossièretés, et il est
inutile de discuter davantage...

Elle s'éloigna fièrement, tandis que, dans un
accès de colère, Baduel démolissait le vieux banc
sur lequel ils s'étaient assis.

Il aurait voulu que Claudia saisît ce prétexte
pour s'expliquer une bonne fois et lui prouver
qu'il avait tort ; mais il s'y était maladroitement
pris, et il le reconnaissait trop tard. Il commit
une seconde maladresse, car, à la suite de cette
scène, il suivit la méthode des gens timides et
susceptibles, et s'entêta dans une maussade bou-
derie. Le lendemain, sous le prétexte qu'il faisait
trop chaud pour dormir à deux dans la chambre
du rez-de-chaussée, il annonça à la mère Bouvard
qu'il coucherait désormais dans l'une des pièces
du premier étage, et les deux époux ne se trouvèrent plus ensemble qu'au repas du soir. Cette
résolution, prise dans un accès de mauvaise humeur et maintenue ensuite par un sentiment de
respect humain et d'amour-propre mal placés,

acheva d'aggraver le malentendu qui séparait Claudia et Prosper. — Ce dernier partait pour Annecy de grand matin, roulant dans sa tête ses idées jalouses et les exaspérant encore pendant cette chagrine méditation. La jeune femme passait aux Grangettes de longues journées de solitude, s'abandonnant de son côté à une maladive évocation des jours d'autrefois. Elle s'ennuyait, et comme l'ennui est un mauvais compagnon, sa pensée s'en revenait plus souvent que de raison vers cette trop courte saison d'automne où elle avait espéré devenir la femme de Maurice. Pendant des après-midi pleines de soleil, elle tenait ses yeux fixés sur le mur lointain du Parmelan comme vers un paradis perdu. Mais c'était surtout à l'approche du soir, quand la vallée du Fier commençait à se noyer dans une ombre bleue, que les regrets oppressaient son cœur. Le sourd bouillonnement de la rivière montait plus distinctement vers elle, comme une voix du temps jadis, et semblait lui murmurer : « Le passé est mort, il ne reviendra plus jamais ! » — Le père Bouvard observait silencieusement Claudia, tandis qu'elle errait comme une âme en peine le long de la terrasse, les bras croisés, les yeux égarés dans le vide. Il hochait la tête et, dans la façon dont il soupirait à mi-voix : « Pauvre dame ! » on devinait que son opinion était faite, qu'il jugeait

Claudia mal mariée et qu'il la plaignait de tout son cœur...

Vers la fin de juillet, Mme Tavan et l'oncle César vinrent passer un dimanche avec les nouveaux époux, et devant eux, Baduel et sa femme s'efforcèrent de prendre un visage satisfait, afin de donner le change aux grands parents. Ceux-ci, n'étant pas très perspicaces, se laissèrent facilement tromper par les apparences; d'ailleurs, ils étaient très occupés d'une nouvelle qu'ils avaient reçue et qui défraya tout d'abord la conversation.

— Ils sont expéditifs, là-bas, dit en riant l'oncle César; nous avons eu, hier au soir, un télégramme de Grenoble... Françoise est accouchée d'un garçon.

Claudia tressaillit et trouva à peine assez de voix pour s'informer de la santé de sa sœur.

— Tout s'est bien passé, répondit Mme Tavan, et quoique l'enfant soit venu à sept mois, il paraît qu'il est solide et râblé.

— Hé! hé! on travaille bien à Grenoble! reprit gaiement M. Dumoulin en lançant un coup d'œil narquois à sa nièce et à son associé, ces jeunes gens vous donnent là un bon exemple et j'espère que vous en profiterez.

— Ils ont de la chance, eux! soupira Baduel.

— Bah! ils ne sont pas les seuls, et il n'y a pas

encore de temps perdu... Voyons, ajouta plaisamment l'oncle César en tapant sur l'épaule de
son associé, vrai, il n'y a rien en train ?

— Non! répliqua Prosper d'un air maussade,
et ça n'en prend pas le chemin !

Claudia avait détourné la tête, et ses yeux
étaient devenus humides...

Lorsque, après le souper, la veuve et son frère
furent remontés dans le *char* qui les emmenait à
Annecy et que, continuant son système de bou-
derie, Prosper se fut retiré au premier étage, la
jeune femme, restée seule, s'accouda à sa fenêtre.
Dans une crise de découragement, elle tourna ses
yeux désolés vers les étoiles qui fourmillaient au-
dessus du cirque assombri des montagnes, et,
pour la première fois, elle accusa ce même ciel
qu'elle avait béni avec tant d'effusion, l'automne
dernier. Le cœur ulcéré, elle répétait avec amertume les paroles de Prosper : — Oui, ils avaient
de la chance, eux! — Tout leur arrivait à souhait;
les choses qui auraient dû leur nuire tournaient à
leur profit, au lieu qu'elle, après s'être sacrifiée
pour eux, n'obtenait pas même une compensation... Ils avaient un enfant, et cette joie lui était
refusée. Elle l'avait pourtant désiré avec assez
d'énergie, demandé avec des prières assez instan-
tes, cet enfant qui aurait occupé sa vie, assoupi
ses regrets, chassé ses mauvaises pensées! Même

lorsqu'elle s'était résignée à remplir tous ses devoirs d'épouse, elle y avait été encouragée par
l'espoir de devenir mère et de reprendre ainsi un
intérêt à l'existence... Mais, non, elle ne possédait
pas cette consolation, et, comme l'avait dit rudement Prosper : « Ça n'en prenait pas le chemin ! »
— Le fossé qui la séparait de son mari se creusait
chaque jour davantage, et plus le temps marchait,
plus il leur semblait difficile à l'un et à l'autre de
dissiper un *misérable malentendu*. Une atmosphère de mauvaise grâce et de défiance les enveloppait; leurs rancunes s'obstinaient, leurs cœurs
s'aigrissaient. — Et cette situation durerait de
longs mois; elle ne finirait peut-être que par un
éclat qui les rendrait plus malheureux encore!...
— Avec un sentiment de révolte, Claudia songeait que les plus belles années de sa jeunesse
s'effeuilleraient ainsi, sans amour, sans enfants,
sans rien de ce qui donne de la saveur aux épa-
nouissements du printemps, aux fêtes de l'été,
aux recueillements de l'hiver. Elle s'irritait de la
sérénité de ce paysage nocturne qui s'endormait
tranquillement sous les regards souriants des
étoiles, tandis qu'elle avait le cœur plein de deuil
et de désenchantement. Elle en voulait à cette
vallée verdoyante, dont la fécondité contrastait si
fort avec la stérilité de sa vie; elle maudissait cette
rivière dont la voix bourdonnante lui rappelait des

jours qui ne reviendraient plus, des joies qu'elle ne goûterait plus jamais...

Les semaines s'écoulaient et les choses étaient toujours au même point, quand, par une après-midi de la fin d'août, Claudia, qui lisait dans sa chambre, entendit un roulement de voiture sur le chemin caillouteux, puis des exclamations et des rires. En même temps la voix de Prosper retentit au pied de la treille :

— Claudia! criait-il, descends... Voici une visite!

Très intriguée, elle traversa rapidement le rez-de-chaussée, parut sous le porche cintré de la cuisine, regarda dehors, et sentit une ardente bouffée de colère lui monter à la tête dans une sorte d'étourdissement. — A l'ombre du noyer, stationnait une voiture de louage d'où descendait Françoise en tapageuse toilette de campagne; sur l'un des sièges de l'intérieur, Maurice Tournyer s'agitait très affairé autour d'une nourrice qui berçait un tout jeune enfant dans ses bras, — une robuste nourrice du Bugey, drapée dans une ample pèlerine prune de monsieur, coiffée d'un bonnet de fantaisie dont les rubans écossais lui tombaient jusqu'aux talons.

— C'est nous!... Bonjour, Claudia!... Hein!... voilà une surprise? s'écria Françoise avec pétulance en s'élançant vers sa sœur pour l'embrasser.

Mais celle-ci reculait, la tenant à distance, et murmurait d'une voix rauque : — « Toi?... Toi, ici!... »

Sans se laisser désarçonner par l'étrange accueil de Claudia, Françoise s'était vivement retournée vers la voiture :

— Nounou, recommandait-elle, prenez bien garde à bébé!... Maurice, charge-toi des paquets... Nous ne vous dérangeons pas, au moins?... continuait-elle en donnant à son beau-frère ébaubi l'embrassade à laquelle Claudia s'était dérobée; — nous avons profité des vacances pour amener bébé à maman et à l'oncle César. — Nous sommes arrivés hier, après votre départ, mon cher Prosper... Quand nous avons su que vous étiez aux Grangettes, j'ai pensé que l'air de la campagne ferait du bien à nounou et au petit, et nous nous sommes décidés à venir vous surprendre...

Prosper écoutait à peine ces explications; toute son attention était fixée sur sa femme, dont les yeux s'étaient assombris et dont la figure tragique exprimait un mélange de stupeur et de crainte.

Maurice Tournyer, qui s'était enfin débarrassé des paquets, s'approchait de Claudia et lui murmurait quelques paroles banales, en lui tendant une main que la jeune femme effleurait à peine. Il avait toujours sa belle figure grave et caressante;

mais ses traits semblaient tirés et fatigués par une sourde dépression morale.

Prosper ne quittait pas du regard sa femme et son beau-frère. L'inquiétude de Claudia, l'embarras de Maurice, remuaient au fond de son cœur tous les ferments de jalousie qui s'y étaient amassés depuis des mois, et de nouveaux soupçons lui montaient à la tête : — Que Maurice fût ce rival inconnu, sans cesse présent à la pensée de Claudia, il n'y avait pas à en douter; le trouble de la jeune femme le criait assez haut; — mais sa visite était-elle aussi inattendue qu'on le prétendait? N'était-elle pas plutôt le résultat de quelque combinaison arrangée à l'avance, et ne jouaient-ils pas tous deux, elle, la surprise, lui, l'embarras, pour mieux abuser la galerie? — C'est ce que Baduel se promettait de tirer au clair. — Dans tous les cas, il était en possession d'une certitude : il se trouvait en présence d'un homme qu'un lien mystérieux avait attaché et attachait encore à Claudia, et il avait trop de perspicacité pour ne point profiter de cette occasion de percer ce mystère. Il se promit d'ouvrir les yeux et de ne pas perdre de vue sa femme et son beau-frère.

Il les suivit dans la salle à manger où la nourrice était déjà occupée à allaiter son nourrisson. Françoise interrompit cette opération, pour faire admirer la beauté et la bonné santé de « son garçon. » Avec son étourderie et sa frivolité habituelles, elle contait par le menu le détail de ses couches et de ses relevailles, les difficultés qu'elle avait eues à trouver une bonne nourrice; elle ne tarissait pas là-dessus, sans se préoccuper de l'agacement que ce bavardage causait à son mari, sans égards pour les susceptibilités de ce ménage qui n'avait pas d'enfant et que pouvait mortifier cet orgueilleux étalage de sa maternité.

En dépit de sa légèreté, néanmoins, elle avait deviné l'irritation de Claudia, elle redoutait ses reproches et elle manœuvrait de façon à ne pas se trouver seule avec sa sœur. Aussi ne se pressait-elle pas de s'enquérir de l'appartement qui lui était destiné, de peur que Claudia ne saisît cette occasion de l'y installer elle-même. Ce fut Baduel qui la tira d'embarras. Il ouvrit la porte de la chambre du rez-de-chaussée et, la montrant à sa belle-sœur:

— Claudia, dit-il, vous cédera sa chambre, et nous irons coucher au premier étage... On dressera ce soir un lit pour la nourrice dans la salle à manger, de sorte que vous l'aurez sous la main... J'ai donné toutes les instructions nécessaires à la mère Bouvard.

Pendant qu'on procédait à ces arrangements, ils allèrent tous quatre au verger. — Françoise avait pris le bras de Prosper; Maurice et Mme Baduel marchaient devant, mais sans se toucher, sans se parler, sans surtout s'éloigner des deux autres. À chaque instant Claudia se tournait vers son mari et sa sœur, cherchant à engager la conversation d'une façon générale. Comme ils longeaient la treille où les raisins commençaient à rougir, Françoise s'écria :

— Le vieux verger n'a pas du tout changé... Tout est resté à la même place que l'an dernier... Tiens, Maurice, voici l'échelle où tu es monté pour nous cueillir des raisins... Je te vois encore, perché tout en haut, la tête dans les feuilles de vigne!... Nous te tendions une corbeille et tu nous regardais avec des yeux!... Oh! des yeux!... C'est la première fois que je me suis aperçue que vous me trouviez à votre goût, monsieur!... Pendant ce temps-là, Baduel battait les œufs de l'omelette dans la cuisine... Vous en souvenez-vous, Prosper?

A ce discours, Maurice Tournyer souriait d'un air contraint, puis se mordait les lèvres; Claudia souffrait le martyre. A la fin, comme Françoise continuait à défiler son chapelet de souvenirs, elle n'eut pas la force de supporter l'épreuve plus longtemps; prétextant de la nécessité de surveiller les apprêts du souper, elle s'excusa et rentra à la maison.

Resté en tiers avec sa femme et Baduel, Maurice, que le manque de tact de Françoise exaspérait, se tint de plus en plus à l'écart. Il n'osait pas rebrousser chemin et regagner l'habitation de peur d'indisposer Claudia; mais il marchait en avant à une assez grande distance, et tandis que les deux autres continuaient de contourner les allées, il atteignit peu à peu le mur de la terrasse et s'y accouda mélancoliquement.

Prosper, tout en suivant du coin de l'œil le manège de son beau-frère, encourageait d'un air bonhomme le bavardage de Françoise; il se félicitait de l'éloignement de M. Tournyer et mettait à profit son tête-à-tête pour commencer en douceur l'enquête à laquelle il voulait se livrer.

— Votre mari n'a pas peur de nous laisser seuls, dit-il plaisamment à sa belle-sœur; il n'est pas jaloux?

— Pourquoi serait-il jaloux? répliqua Françoise en se rengorgeant; il ne doute pas de mon affection et il y a longtemps qu'il sait à quoi s'en tenir!

— Ainsi, continua sournoisement Prosper, il vous faisait déjà la cour quand nous sommes venus aux Grangettes?

— Oui..., c'est-à-dire, pour parler exactement, je crois qu'à ce moment-là il nous faisait la cour à toutes les deux.

— Comment!... A Claudia aussi?

Elle regarda Prosper d'un air étonné et un peu méfiant. Mais à la naïveté de cette demande, elle comprit tout de suite que Claudia n'avait rien confié à son mari et, comme elle avait un penchant naturel à satisfaire sa vanité, même au moyen d'une entorse donnée à la vérité, elle repartit avec aplomb :

— A Claudia aussi... Il avait même parfois des préférences qui m'énervaient... Mais ça n'a pas duré, ajouta-t-elle avec une recrudescence de hâblerie, j'ai vu bien vite que la balance penchait de mon côté, et comme Maurice me plaisait, dame, je ne l'ai pas laissé échapper.

Et tandis qu'elle poursuivait son caquetage de linotte, Prosper songeait : — « Ainsi c'était vrai, tout ce que j'avais soupçonné : je n'ai été pour Claudia qu'un pis-aller... Elle aimait Maurice et aujourd'hui elle le regrette et l'aime encore, sans doute !... »

Il ne desserrait plus les lèvres. Le front rembruni, il continuait à édifier douloureusement en dedans de lui un échafaudage de suppositions jalouses et humiliantes. Le bavardage étourdi de Françoise ne résonnait plus à ses oreilles que pareil à un bourdonnement confus. Elle parlait de son installation à Grenoble, de ses toilettes, de ses succès dans le monde universitaire, et lui, marchait machinalement, les yeux fixés sur la lointaine silhouette de Maurice appuyé au mur de la terrasse, et il se disait avec une rage sourde : « Voilà celui qu'aime Claudia ; voilà l'homme que je trouverai toujours entre elle et moi !... »

La voix de Josette Bouvard, qui les hélait du seuil de la cour et les appelait à table, les ramena tous à l'intérieur de la maison où Claudia surveillait les derniers préparatifs du souper.

La salle à manger ayant été réservée à la nourrice et à l'enfant, on avait mis le couvert dans la cuisine, et ce fut là qu'ils s'attablèrent : Françoise bruyante, Prosper les sourcils froncés et le regard méfiant, Maurice gêné et agacé, Claudia partagée entre l'inquiétude et l'indignation. — Rien de moins intime que ce repas de famille où trois des convives n'échangeaient que de loin en loin des phrases cérémonieuses et contraintes ; où de froids silences n'étaient interrompus que par les cris de l'enfant que la nourrice berçait avec une monotone mélopée. Parfois, tandis que Françoise babillait à tort et à travers, Claudia observait Maurice à la dérobée, puis baissait de nouveau les paupières, dans la crainte que son regard ne fût surpris par Prosper ou qu'il ne se croisât avec celui du professeur. Si furtive que fût cette observation, elle suffisait pour lui laisser deviner que Maurice n'était pas heureux, qu'il traînait tristement le poids de son mariage avec une femme

frivole et déjà antipathique. — Et en pensant à
ce front prématurément ridé, à ce regard fatigué,
à ces lèvres plissées par un vague sourire désillu-
sionné, Claudia se sentait prise d'un subit attendrissement qu'elle se reprochait aussitôt, qu'elle
masquait vite d'indifférence pour échapper aux
soupçons de Prosper, dont les gros yeux étaient
braqués sur elle.

Pendant ce temps, Françoise, s'efforçant d'é-
gayer ce maussade repas, parlait avec animation
de ses projets pour les vacances. — Elle avait
d'abord pensé à laisser « bébé » à sa grand'mère
et à faire une fugue en Suisse avec son mari; mais
en retrouvant Annecy et le lac, elle reprenait du
goût pour son pays natal et, puisque Claudia
n'occupait pas l'appartement de la place Saint-
François, elle avait maintenant l'intention de s'y
installer jusqu'au mois d'octobre, si toutefois
personne n'y voyait d'inconvénients. — « Qu'en
dis-tu, Claudia ?... Qu'en penses-tu, Maurice ? »
demandait-elle.

Maurice, d'un air ennuyé, balbutiait des paroles embarrassées : — « Ce serait indiscret... Il
faudrait d'abord consulter Mme Tavan et l'oncle
César... »

Claudia, elle, ne répondait pas; mais, en dedans, elle s'indignait de l'audacieuse proposition
de sa sœur : — « Non, cela ne serait pas!... Il

fallait sans tarder rappeler à Françoise l'engagement qu'elle avait pris et qu'elle semblait oublier
avec tant d'impudeur ! »

Enfin, Maurice se décida à mettre un terme à
cette pénible épreuve du souper. A peine eut-on
attaqué le dessert, qu'il se leva en déclarant qu'il
était fatigué et que Françoise elle-même avait
besoin de repos. Il souhaita le bonsoir à Baduel
et emmena sa femme.

— A demain ! s'écria Françoise en serrant la
main de Prosper.

Elle entra dans la salle à manger, où Maurice
l'avait déjà précédée; Claudia l'y suivit brusquement sous prétexte d'installer les voyageurs dans
leur chambre. — Prosper était resté seul dans la
cuisine. Par la porte entr'ouverte, il entendait ses
hôtes marcher sur la pointe des pieds et parler
bas pour ne point éveiller l'enfant. Tout à coup,
à travers les chuchotements, il distingua la voix
brève de Claudia :

— Demain, dès le matin, au verger, murmurait-elle.

Puis il saisit encore deux ou trois mots pro-
noncés plus nettement : — « Je le veux !... Il le
faut ! » — Et ce fut tout.

A qui parlait-elle ?... A qui assignait-elle ce
rendez-vous matinal ?... Belle question ! Ce ne
pouvait être qu'à Maurice; elle n'avait rien de

confidentiel à dire à sa sœur, tandis qu'avec lui, elle éprouvait certainement le besoin d'épancher son cœur !...

Et quand Claudia fut remontée au premier étage, longtemps encore dans la nuit, elle entendit le pas de son mari résonner sur le parquet de la chambre contiguë, — un pas inégal, tantôt précipité, tantôt ralenti, le pas agité d'un homme en proie à l'insomnie.

XVIII

IEN qu'il eût très peu dormi, Prosper Baduel fut sur pied dès le fin matin. Il avait du reste coutume de s'éveiller à la prime aube et de partir pour Annecy quand sa femme sommeillait encore. Mais ce jour-là il se donna congé, bien que ce fût un lundi. Trop de graves préoccupations lui trottaient dans le cerveau pour qu'il pût s'intéresser aux rouenneries du *Fil de la Vierge*. Il ouvrit sa croisée, ramena les contrevents l'un contre l'autre, de manière à ne laisser entre eux qu'un entre-bâillement suffisant pour voir sans être vu, et, tapi derrière cet observatoire, il attendit, le cœur serré, le corps frissonnant.

La vallée du Fier, silencieuse et reposée, était

encore assoupie dans la fraîcheur matinale. De légères buées blanches, suivant le cours de la rivière, planaient sur les saulaies ou bien se déroulaient comme des écharpes de mousseline autour des roches de Saint-Clair. Au delà des pâturages et des forêts d'Alex, par-dessus l'échancrure du col de Bluffy, les cimes des montagnes qui entourent le lac d'Annecy se teignaient déjà d'une rose et suave couleur d'aurore. Le soleil se leva derrière le Parmelan ; une coulée de lumière blonde se répandit le long des prairies encadrées de vernes, et les brumes de la rivière se changèrent en poussières d'argent. L'*Angelus* tinta dans le clocher de Dingy, des coqs claironnèrent au fond des granges, et, parmi les pâturages, les *clarines* des vaches firent sonner au loin leurs petites notes cristallines. En bas, le verger, encore plein d'ombre, restait ensommeillé ; seul, un moineau, dans un carré de pois ramés, pépiait allégrement.

Cette paix musicale et lumineuse du matin, cette rafraîchissante sérénité de la nature, ne faisaient que plus vivement sentir à Prosper le désordre de son esprit et les angoisses qui lui poignaient le cœur. L'attente l'enfiévrait ; à chaque instant il dressait l'oreille et croyait entendre des pas sur le gravier. — Non, ce n'était qu'une hallucination de son ouïe surexcitée. —

Alors il lui revenait des bouffées d'espoir. Peut-
être avait-il été également, la veille, le jouet d'une
hallucination ?... Peut-être avait-il mal interprété
les lambeaux de phrases arrivés jusqu'à lui ?... Il
n'était pas possible que Claudia le trompât si
cruellement !... — Bien qu'elle ne lui eût pas
marqué l'affection qu'une femme doit à son
mari, elle était honnête et incapable de donner,
dans sa maison, un rendez-vous criminel à un
homme qu'elle avait aimé jadis et qui était devenu son frère par alliance. Une pareille machi-
nation serait trop odieuse !... Et pourtant, — il
avait beau chercher à se faire illusion, — c'était
sûrement la voix de Claudia qui avait murmuré
dans la salle à manger : « Demain matin au verger... Je le veux ! » — Qu'avait-elle donc de si
pressant et de si caché à dire à Maurice ? — Honnête ?... Sans être grand psychologue, Baduel
savait que les femmes ont une façon à elles d'entendre l'honnêteté, et que, sur ce point, leur
conscience est plus élastique que celle des
hommes. D'ailleurs, Claudia ne lui avait-elle pas
déjà menti en lui affirmant qu'elle l'épousait pour
lui-même et non par dépit ? Or, si elle l'avait
trompé une première fois, n'était-elle pas capable
de le tromper à nouveau ?...

Comme il songeait à cela, il tressaillit : la
porte de la cuisine venait de s'ouvrir. Il rapprocha

encore les contrevents, coula un regard entre le mince interstice des deux battants et reçut un coup en pleine poitrine... Dans l'allée du jardin qui conduisait au verger, Maurice Tournyer venait d'apparaître. Il cheminait lentement, s'arrêtait pour respirer une rose ou pour regarder autour de lui; bientôt il atteignit l'extrémité de l'allée bordée de cerisiers et de pommiers; il longea un moment la terrasse, puis disparut derrière les noisetiers de la tonnelle.

Prosper, accoudé à sa fenêtre, serrait les poings et se mordait les lèvres. — Ainsi, c'était donc vrai! ses oreilles ne l'avaient point induit en erreur. C'était bien à Maurice que le rendez-vous avait été donné, et il était exact, il arrivait le premier! — Le malheureux Baduel se penchait à la croisée, s'attendant à chaque minute à voir surgir à son tour Claudia dans l'allée du jardin. — Une demi-heure s'écoula. Personne. — Il respira avec plus de facilité et se dit que peut-être au dernier moment, prise de remords, elle avait renoncé à se rendre coupable d'une action odieuse. Il se rattachait déjà à cette fragile espérance, quand un craquement de porte dans la chambre voisine et un bruit de pas dans l'escalier lui meurtrirent le cœur. Quelques secondes après, Claudia, en robe du matin et tête nue, se glissait sous les arbres du verger. Ses cheveux blonds se doraient aux rayons qui filtraient à travers les branches, et ses yeux fouillaient l'étendue du jardin comme pour y chercher quelqu'un. Elle longea l'allée des pommiers, fit plusieurs pas sur la terrasse et s'arrêta tout net, comme si une brusque surprise l'eût rejetée en arrière. Toutefois, après un moment d'hésitation, elle entra sous la tonnelle, et les cépées des noisetiers la dérobèrent aux regards de Prosper.

Celui-ci ne se possédait plus. En un clin d'œil il fut au bas de l'escalier et traversa la cour. — La trahison était maintenant patente et il lui tardait de la punir. Des résolutions violentes et contradictoires se heurtaient dans son cerveau. Il résolut d'abord de se glisser sans être vu derrière les noisetiers et d'assister à l'entretien des coupables; il voulait les surprendre tout à coup et se venger férocement. A moitié aveuglé par sa colère, il marchait à travers les prés qui jouxtaient le verger et il parvint ainsi près du mur de soutènement, au haut duquel verdoyaient les arbres de la terrasse. C'était par là qu'il comptait se frayer un chemin et ramper inaperçu jusqu'aux épais massifs où se cachaient Maurice et Claudia. Seulement il fallait trouver un moyen d'escalader le mur sans faire aucun bruit. — Prosper se souvint de l'échelle que Françoise avait remarquée, la veille, en passant devant la treille mûrissante, et se dit qu'elle lui permettrait d'atteindre le bouquet de noisetiers. En hâte, il rebroussa chemin, mais quand, tout essoufflé, il arriva près de la treille, il aperçut Mme Tournyer qui venait à sa rencontre.

— Bonjour, Prosper, lui dit-elle; n'avez-vous point vu Claudia? Je la cherche partout.

Cette complication inattendue déconcerta un moment Baduel et il ne songea plus qu'au moyen de se débarrasser de sa belle-sœur.

— Claudia? répondit-il, mais je crois qu'elle se promène avec votre mari...

— C'est singulier! murmura Françoise étonnée, ils ne m'en ont rien dit, ni l'un ni l'autre... Quel chemin ont-ils pris?

— Ils ont gagné les champs par le verger... Ils ne doivent pas encore être bien loin et vous les rattraperez... Excusez-moi, mais j'ai une besogne pressée et je suis obligé de vous quitter.

Françoise fronçait les sourcils.

— Et vous les avez laissés s'en aller ainsi tête à tête? murmura-t-elle.

— Cela vous inquiète? répliqua-t-il avec un rire sarcastique, seriez-vous plus jalouse de lui qu'il ne l'est de vous?

Il s'empara de l'échelle et gagna les prés sans attendre sa réponse.

Françoise restait interdite près de la treille. Les derniers mots lancés par son beau-frère l'avaient

19

piquée au vif. — Jalouse, elle ne l'était pas dans
la noble acception du mot, car il y a deux sortes
de jalousie : celle qui naît d'un excès d'amour et
celle que fait germer la vanité. Françoise n'aimait
vraiment qu'elle-même, mais son égoïste gloriole
n'admettait pas qu'on pût supposer son mari
capable de lui être infidèle. Tout à coup, certains
souvenirs du dernier automne lui revinrent à l'esprit. — L'air des Grangettes, la vue de Claudia,
avaient pu réveiller chez Maurice la tendresse
qu'il avait éprouvée l'an passé pour celle qui était
devenue Mme Baduel. — Son imagination s'é-
chauffa, lui peignit son mari et sa sœur en train
de fleureter à travers champs, et elle n'eut plus
qu'une idée : — les rejoindre et interrompre leur
tête-à-tête.

Pendant ce temps, Prosper traversait le pré
dont l'herbe courte assourdissait son pas. Arrivé
au pied du mur, il appuya doucement l'échelle
contre le revêtement de blocailles et monta avec
précaution. Quand il eut atteint le terre-plein où
croissaient les noisetiers, il s'arrêta le cœur battant, et prêta l'oreille. — Les propos échangés
sous la tonnelle lui arrivaient très distinctement
et, bien qu'il ne vît pas les deux interlocuteurs, il
pouvait entendre leur conversation sans en perdre
un mot. . . . .

. . . .

Claudia, après avoir parcouru le verger, avait longé la terrasse et s'y était d'abord crue seule. Lorsque, en s'approchant de la tonnelle, elle aperçut tout à coup Maurice accoudé au mur et à demi caché par une cépée de noisetiers, son premier mouvement fut de reculer et de rebrousser chemin; mais le professeur, qui, au bruit de ses pas, avait vivement tourné la tête, ne lui en laissa pas le temps.

— Pourquoi me fuyez-vous? demanda-t-il avec un accent imprégné de tristesse.

Elle hésita un moment, puis, comme si elle avait pris brusquement une nouvelle résolution, elle revint vers lui, et d'une voix ferme :

— Ce n'était pas vous que je croyais trouver ici, mais Françoise, à laquelle j'avais donné rendez-vous. — N'importe!... Puisqu'elle m'a manqué de parole et que vous voici, je dirai au mari ce que je voulais dire à la femme...

Elle s'arrêta un instant comme pour recueillir ses forces, et reprit avec vivacité :

— Pourquoi êtes-vous venus tous deux aux Grangettes?... J'avais prié Françoise de m'épargner cette visite inutile et pénible; elle me l'avait promis, et, comme toujours, elle a oublié sa promesse!... Mais vous, qui êtes un homme sérieux et auquel je crois du tact, comment n'avez-vous pas eu la délicatesse de comprendre, après ce qui

s'est passé, que nous ne devions plus nous revoir...
de longtemps ?

— Claudia !... hasarda-t-il.

Mais d'un geste elle lui imposa silence.

— Laissez-moi achever...Comment n'avez-vous
pas senti tous deux qu'il y avait de la cruauté à
venir vous montrer ici avec cet enfant qui me rap-
pelle des choses navrantes, humiliantes, des choses
que je veux à tout prix arracher de ma mémoire ?...

— Ne m'accusez pas injustement, s'écria-t-il
enfin, je vous jure que je me suis opposé à ce
voyage !... Mais Mme Tavan et l'oncle César ont
insisté, Françoise s'est jointe à eux, et il était difficile de m'abstenir.

— Il le fallait !... Vous deviez prendre Françoise à part, lui imposer votre volonté, l'emmener
en Suisse, et vous contenter d'être heureux avec
elle, loin d'ici.

Maurice haussa les épaules, et une ironie lui
plissa les lèvres.

— Heureux ! protesta-t-il... Ah ! Claudia, pourquoi railler ?... Vous connaissez votre sœur mieux
que moi, et vous devez comprendre qu'une
femme vaine, personnelle et ignorante n'est pas
faite pour apporter beaucoup de bonheur dans
un intérieur tel que le mien... Voyons, dit-il avec
une expression découragée, regardez-moi, ai-je la
figure d'un homme heureux ?

Elle enveloppa d'un rapide regard ce visage aux traits tirés, ces yeux mornes et fatigués, et fut apitoyée :

— Vous avez un enfant, reprit-elle avec un accent subitement attendri, et cela doit vous aider à supporter bien des choses.

— Croyez-vous? répliqua-t-il amèrement... Cet enfant, qui ferait la joie d'un autre, est pour moi un surcroît de trouble... Quand je le regarde, je me demande avec angoisse s'il n'héritera pas des défauts de sa mère, s'il ne sera pas égoïste, frivole et borné comme elle?... Ah! si vous saviez la vie misérable que je mène là-bas, dans cette maison que votre sœur emplit de bavardages vulgaires et de futilités!... Je me sens amoindri, je n'ai plus de goût au travail, plus d'ambition... J'avais fait de beaux rêves d'avenir, et je moisirai chargé de cours à Grenoble!

Ce cri de désespoir, poussé sous les noisetiers par l'homme qu'elle avait si tendrement aimé, remua profondément Claudia. Un moment, ils restèrent silencieux, les regards fixés sur cette verdoyante vallée qui leur avait paru, l'année d'avant, si riche en perspectives heureuses, et dont maintenant la plantureuse végétation, les eaux bourdonnantes, les montagnes ensoleillées, contrastaient ironiquement avec la tristesse de leurs âmes désenchantées.

— Ah! soupira Maurice, si l'on pouvait recommencer sa jeunesse!

— On ne recommence rien, repartit la jeune femme avec un mélancolique hochement de tête; tout ce qu'on peut faire, c'est se résigner et ne pas attrister sa vie davantage en gâtant celle des autres.

— Êtes-vous heureuse au moins, vous, Claudia?

— Je veux l'être, répondit-elle d'un ton très ferme, et c'est pourquoi je vous prie de ne pas augmenter par d'inutiles souffrances les difficultés que je puis avoir déjà... Je désire que vous quittiez les Grangettes aujourd'hui même!... Croyez-moi, le mieux pour tous deux est de ne plus nous revoir et d'oublier.

Il passa lentement la main sur son front et se rapprocha d'elle.

— Vous avez cruellement raison! dit-il d'une voix altérée... Nous partirons tout à l'heure.

— Promettez-moi de ne plus chercher à revenir à Annecy.

— Je vous le promets... Et maintenant, Claudia, puisque c'est la dernière fois que nous nous voyons, laissez-moi vous serrer la main...

Elle la lui tendit, et au moment même où il l'étreignait, Françoise parut à l'entrée de la tonnelle.

Les deux mains se quittèrent précipitamment;
Maurice et Claudia restèrent un instant interdits
de cette brusque apparition. — Françoise, déjà
irritée par une course vaine à la recherche de son
mari et de sa sœur, s'avança, le regard enflammé
et soupçonneux, les lèvres crispées par un mauvais
sourire.

— Enfin, on vous trouve! s'écria-t-elle... Puis
les dévisageant tous deux, elle ajouta d'un ton
sarcastique : — Pourquoi avez-vous l'air si interloqué?... On dirait que je vous dérange!...
M'expliquerez-vous ce que signifie tout ce mystère?

Mais Claudia n'était pas d'humeur à supporter
les insinuations injurieuses de sa cadette.

— Il n'y a pas de mystère, riposta-t-elle sévèrement, et si tu étais venue ici ce matin, comme
je t'en avais priée, tu saurais déjà à quoi t'en
tenir... Quand ton mariage a été décidé, tu
m'avais juré de ne plus ramener M. Tournyer à
Annecy, et tu as manqué à ton serment... Voyant
que je ne puis plus compter sur ta parole, je me
suis adressée à ton mari... Il a compris, lui!... Il
m'a promis de partir des Grangettes aujourd'hui
et de s'éloigner d'Annecy dès demain.

— Ma chère, se récria aigrement Françoise, il
me semble qu'avant de s'engager, Maurice aurait
pu prendre mon avis!... Que tu nous fermes ta

porte, je l'admets, quoique ce soit peu hospitalier et peu poli de ta part... Quant à nous renvoyer d'Annecy, c'est une autre affaire, et je voudrais bien savoir de quel droit...

— De quel droit? interrompit Claudia avec véhémence, tu as donc déjà tout oublié!... Comment? tu m'as pris un fiancé que j'aimais!... Pour me le voler plus sûrement, tu t'es conduite comme une fille des rues..., à tel point que j'ai dû promettre de me marier avec Prosper, afin que tu puisses te sauver de la honte et légitimer ton enfant... Et tu t'étonnes que j'exige de toi autre chose qu'un grand merci?... Tu me demandes quel est mon droit?... Après t'avoir sacrifié ma jeunesse, je tiens à assurer le repos du reste de ma vie; je ne veux plus souffrir, ni faire souffrir le mari que j'ai choisi... Le voilà, mon droit... Et si tu oses le méconnaître, prends garde! Je n'aurai pas plus de ménagements pour toi que tu n'en as eu pour moi!...

Emportée par son indignation, Claudia était devenue menaçante; ses yeux bruns jetaient des éclairs, ses narines se dilataient, elle s'avançait vers sa sœur comme pour l'écraser. Celle-ci reculait, mais, avec l'obstination des esprits étroits et têtus, elle cherchait à se rebeller et à répliquer. Maurice lui saisit violemment le bras.

— Assez! commanda-t-il durement, nous partirons tout à l'heure, nous quitterons Annecy demain... Je le veux et vous m'obéirez!

Françoise sentit que le ton de son mari n'admettait pas de réplique; elle céda, mais en cédant, elle se retourna pour essayer de blesser encore celle devant qui elle était forcée de capituler :

— Soit, fit-elle d'une voix sifflante, partons, puisque tu nous chasses!... C'est égal, je serais curieuse de savoir ce que Prosper penserait, s'il connaissait le fin mot de l'affaire!...

Les noisetiers du fond de la tonnelle s'écartèrent brusquement et Prosper Baduel, pâle, mais très maître de lui, très digne, apparut aux yeux des trois interlocuteurs stupéfaits.

— Ce que je pense? s'écria-t-il, je vais vous le dire, Françoise... Je pense que ma femme a raison et que nous devons prendre congé les uns des autres... Adieu, monsieur Tournyer, vous pouvez faire vos préparatifs de départ... Dans une heure, une voiture sera à votre disposition.

Maurice avait entraîné Françoise, et tous deux s'éloignaient rapidement dans la direction de la maison. — Prosper et Claudia restèrent seuls, face à face, sous la tonnelle. Le mari tourna timidement vers sa femme ses gros yeux humides et, avec l'intonation de quelqu'un qui veut faire amende honorable :

— J'étais là, avoua-t-il en montrant les noisetiers.

Les paupières de Claudia s'étaient abaissées et,
à travers le frémissement des cils, on voyait à
peine le point lumineux de ses prunelles. Confuse et remuée par un frisson intérieur, elle balbutia :

— Vous avez... tout entendu ?

— Presque tout.

— Pardonnez-moi! reprit-elle faiblement.

Il s'empara de ses mains et l'attira doucement
vers lui :

— Tu n'as point de pardon à demander, répondit-il très ému; c'est moi au contraire qui dois
m'excuser de t'avoir soupçonnée et espionnée...
Pourtant, je ne m'en repens pas!... Grâce à ce
vilain métier d'espion, j'ai appris à te mieux connaître et à te mieux estimer encore... La femme
qui s'est dévouée pour sauver sa sœur saura se
dévouer aussi pour un mari qui l'aime de toutes
ses forces. J'ai confiance en toi, maintenant; j'ai
confiance dans l'avenir !... Embrasse-moi, Claudia,
et tâchons d'être heureux ensemble!...

Il lui tendait les bras, elle s'y jeta et il la serra
tendrement sur sa large poitrine. — Quand leur
émotion à tous deux se fut calmée, Baduel conduisit sa femme près du mur de la terrasse.

— Je vais, dit-il, faire atteler la voiture qui doit

les emmener... Après ce qui s'est passé, il te serait pénible de les revoir, et je veux t'épargner la corvée des adieux. Ne bouge pas d'ici; dans une heure, quand ils seront partis, je viendrai te chercher.

Il s'éloigna discrètement, tandis qu'appuyée au mur, elle essuyait les larmes qui coulaient lentement sur ses joues.

Peu à peu le soleil s'était obscurci. Ainsi qu'il arrive souvent en montagne, les brumes qui rampaient le matin au long du Fier s'étaient épaissies sous l'action de la chaleur et elles remontaient en masses tournoyantes vers les hautes cimes. Un vent de bise les promenait au-dessus de la vallée, découvrant çà et là des coins encore ensoleillés, pour les ensevelir ensuite sous une nappe de brouillard plus dense. — Au bout de quelque temps, Claudia entendit des sonnailles tinter et un bruit de roues résonner sur les cailloux; puis la voiture apparut au détour d'un massif d'érables, conduite par un paysan en blouse. La nourrice, assise sur l'un des bancs, tenait l'enfant sur ses genoux et l'on voyait flotter les longs rubans de sa coiffe. Sur la banquette opposée, Françoise et Maurice, sans se parler, regardaient chacun d'un côté différent et semblaient deux étrangers. La voiture contourna rapidement les rampes de la descente; une foule de brouillard l'atteignit et

elle y disparut submergée. Claudia n'entendit
bientôt plus que le tintement affaibli des sonnailles au fond de la gorge de Saint-Clair, noyée
dans la brume. — Les buées couvraient maintenant toute la vallée, où leurs masses, blanches,
onduleuses et floconneuses, ressemblaient aux
vagues d'une mer polaire déferlant sur les flancs
gris des montagnes dont les pics fumaient. Un
puissant coup de bise les échevela brusquement;
le soleil, trouant les nuées, courut derechef sur
les bois fumeux, les prés mouillés, la route
déserte, — et le paysage brouillé d'ombre et de
lumière apparut transformé, comme un symbole
du changement qui allait s'opérer dans l'existence
de Claudia.

Cette nouvelle vie n'est ni très mouvementée
ni très colorée, mais elle est tranquille et la jeune
femme y chemine d'un pied sûr. L'expérience lui
a appris que le secret de la paix intérieure consiste dans le renoncement et la soumission. —
Les joies qu'on peut goûter en ce monde sont
faites le plus souvent avec les débris des félicités
ambitieuses que nous avions rêvées et que le choc
de la réalité a émiettées. — Elle le sait et elle se
contente de ramasser patiemment ces miettes
de bonheur. — Elle a succédé à sa mère dans
l'étroite loge vitrée du magasin, et comme elle

est affable et intelligente, comme Prosper est doué du flair et de la décision qui constituent les vrais commerçants, le chiffre d'affaires du *Fil de la Vierge* a doublé en peu d'années. La maison de la place Saint-François s'est peuplée aussi de nouveaux hôtes. Claudia a donné coup sur coup deux enfants à son mari. Le dimanche, quand la musique du régiment joue sur le Pasquier, on la voit se promener au bras de Prosper, tandis que les deux bambins trottent en avant sous la surveillance de l'oncle César. Le rire espiègle qui retroussait jadis les coins des lèvres de la jeune femme a fait place à un sourire indulgent; ses yeux bruns limpides se sont voilés d'une légère brume, son front pur s'est plissé imperceptiblement; mais le charme de sa beauté gagne encore à ces mélancoliques empreintes, laissées sur son visage par le déchirement de son roman de jeunesse et par le sourd travail de la résignation.

Achevé d'imprimer

Le vingt-sept mai mil huit cent quatre-vingt-neuf

PAR CHARLES UNSINGER

83, RUE DU BAC, 83

PARIS